ベリーズ文庫

独占欲全開で、
御曹司に略奪溺愛されてます

真崎奈南

STARTS
スターツ出版株式会社

目次

一章　初めて知った唇

従業員出入口からビルの一階商業フロアに出て、人で賑《にぎ》わうファッションブランドのお店に挟まれた細長い通路を進んだ。

仕事終わりに、それらテナントの店先で足を止めたりする時もある。けれど今日はそんな気分になれず、ため息がこぼれ落ちた。

心が重い理由は私の手の中にあった。

スマホの画面には母からの着信を知らせる文字と回数が表示されている。その数、十三件。

まだ来ないのか。いつ来るのか。今どこにいるのか。遅い。早く来い。なにをしている。

おそらくそんなことを思って彼女は私に電話をかけてきたのだろう。

スマホを操作して、昨日の朝に母から送られてきたメールを開いた。

【明日仕事を終えたら家に来なさい。話したいことがあります】

話したいこと。それがなんなのか知りたくて、メールを確認したあとすぐに私は母に電話を入れた。しかし母はそのことについてなにも言ってはくれなかった。『来たら話す』の一点張りだったのだ。

だから今から私は実家に行かなくてはいけない。

家族とは疎遠になりつつあり、家に帰るのも四年ぶりのため勇気がいる。これからいったいなにが私を待ち受けているのだろうか。

いいことが待っているとは到底思えない。嫌な予感しかせず足が重くなっていく。

通路を抜けて屋外へ出た瞬間、女性の黄色い歓声が耳についた。

なんの気なしにそちらを見て私は歩みを止める。

女性たちをざわめかせているのは、路肩に停車中の高級車から降り立った男だった。

百八十センチほどのすらりと細長いその身体でオーダーメイドだろう品のよいスーツを難なく着こなし、秘書を引きつれ颯爽《さっそう》と歩いてくる姿は明らかに周囲とは一線を画している。

周りを気にすることなく前を見つめる精悍《せいかん》な面持ちは己に対する自信だけでなく、女性受けする清潔感や甘さまでをも含んでいるから……本当に質《たち》が悪い。

自分の斜め後ろに控えた男性秘書へしゃべりかけた彼の黒髪がさらりと揺れた。

私はハッとし、身体を震わせる。伏し目がちだった大きな瞳が前触れもなくこちらに向けられたのだ。

彼はすぐに足を止める。続けて軽く手を上げ、秘書にも停止を促した。そして目を合わせ三秒後、ニッコリと私に笑いかけてきた。

炸裂《さくれつ》した美しい微笑みに、周囲のざわめきがより一層大きくなったのを肌で感じる。顔を強張らせたまま反応できずにいたけれど、完璧なラインをかたどっている彼の唇がニヤリと意地悪く歪《ゆが》められたのを目にした瞬間、反射的に右足が後退した。

心の中でアラートが鳴り響く。

早くアイツから逃げなくては。

なによりもまずそう思った。私は慌てて彼から顔を逸らし、勢いよく背を向け歩きだす。焦りで足がもつれそうになりつつも必死にその場から離れようとした……けれど。

「おい、西沖《にしおき》」

無理だった。後ろからがっちりと腕を取られ足止めをくらい、私はほんの数秒瞳を閉じた。

「お前、今逃げただろ」

黙っていると、両肩に大きな手が乗った。そして強引に振り向かされる。

目の前には整った顔。イケメンに肩を掴まれ向き合っているこの状態は普通だったら赤面するような場面だと思うのだけれど、私にとっては違う。相手が相手だけに警戒心しか生まれない。

大きく息を吐き出してから、私は愛想笑いをした。

「私になにか御用でしょうか？」

笑いながらも棘《とげ》を含んだ口調で言い放つと、彼も完璧な微笑みを顔に貼りつけてくる。

「俺に気づいたなら挨拶くらいしに来いよって文句を言いに来た」

そして優しさの感じられない低音ボイスで言葉通り文句を口にした。

「大変失礼いたしました」

「分かればよろしい」

私たちは牽制《けんせい》という名の笑みを浮かべながら、ふふふと乾いた声で笑い合った。

彼の名前は倉渕遼《くらぶちりょう》。二十九歳。私と同い年ながら、このビルの上階に入っている大企業『倉渕物産《くらぶちぶっさん》』の専務を務めている男である。

社名と彼の苗字が同じなのは偶然ではない。鉄鋼製品から食品、流通や介護サービスなど幅広い事業を展開する倉渕物産は彼の曽祖父の代から続く会社。彼自身もゆくゆくはその跡を継ぐだろう。

対して私は今、このビルの二階にある飲食店でいち従業員として働いている。しがないウエイトレスの私が天下の倉渕物産の御曹司にさっきのような態度を取れるのは、昔馴染《なじ》みで気心が知れているせい。

私立の一貫校だったため小学校から高校までずっと一緒だった彼に対して、両親は事あるごとに『倉渕の息子の上に立て』と私に言った。子供の頃からずっと彼は私にとって負けてはいけない存在だった。

「倉渕くん、こんにちは。相変わらずお元気そうでなによりです。あら大変。お付きの方が怖い顔でこちらを見てますよ。早く戻ってください。私も行きます。では失礼いたします」

言うだけ言って逃げようとしたけれど、両肩に乗った手に阻まれた。

「俺のお前への挨拶はこれからだ。逃げんな」

白けた顔をすると倉渕くんが笑みを消した。真剣な眼差しで射貫かれれば急に居心地が悪くなる。

このまま見つめ合っていたら心の中を読み取られてしまいそう。急にそんな気持ちにさせられ足元へ視線を落とした私に、「お前さ」と彼が囁《ささや》きかけてきた。

「昨日から元気ないんだって？　お前のところに飯食いに行ったうちの社員が、お猿さんが泣きそうな顔してるって俺に報告してきたぞ。なにかあったのか？」

心配。気遣い。優しさ。彼の声からそれらが伝わってきて不覚にも胸がキュンとしたというのに、引っかかった言葉がそのすべてを帳消しにした。

「お猿さんってなに⁉　それ私のこと⁉」

「俺とお前って周りから犬猿の仲みたいに思われてるじゃん。だから俺が犬でお前が猿ってことにしておいた」

「なんで私が猿なのよ‼」

「イメージそのまんま」

鎖骨を隠すくらいの長さのストレートの髪はお猿さんのような茶色ではなく黒。肌も白いほうで決して赤ら顔ではない。『どうして私が』と引っかいてやりたいのをぐっと堪《こら》え、自分の肩に乗っている彼の手を思いきり振り払う。にらみつけつつ背を向け歩きだしたけれど、三歩進んだところでまた腕を掴み取られた。

「西沖、今日はもう仕事終わったんだよな？」

「そうだけど？」

うんざりと振り返ると倉渕くんが腕時計で時間を確認していた。

「今十七時過ぎか……そうだな。俺もあと一時間半で仕事片付けられるかな」

なにが言いたいのか掴めなくて首をかしげると再び彼が私を見た。警戒して身体に力が入る。

「俺の仕事が終わるまで少し待たせることになるけど……今夜ふたりで飯でも食いに行かないか?」

「……ふ、ふたりで?」

驚きで目を見開いた。

食事には何度か行っている。けれどふたりっきりでは一度もない。いつも誰かが一緒だ。

「あぁ。ふたりで」

真摯な声と本気の眼差しに思わず言葉を失う。頬が熱くなるその傍らで込み上げてきた思いに戸惑いが膨らむ。

咄嗟《とっさ》に浮かんだ言葉は『一緒にご飯を食べたい』だった。こんなふうに言い合いをしたとしても楽しい時間になりそうな予感がしたのだ。

けれど今夜の予定は既に埋められている。それを思い出し、一気に気持ちがしぼんでいく。

「……ごめん。今日はこれから予定があるの」

「そっか。予定があるなら仕方ないか。また誘えそうな時に誘うわ」

倉渕くんの声から落胆しているのが伝わってきた。

申し訳なさで胸がいっぱいになり、そして自分自身も同じように肩を落としていることに気づいてちょっぴり泣きたくなる。

「また誘ってね……楽しみにしてるから」

「あぁ。分かった」

驚きとか切なさとか憂鬱さとか。込み上げてくる感情を必死に押し隠そうとしたけれどうまくいかなかった。

小さなため息をついたその時、腕を掴む倉渕くんの手がぴくりと反応した。

「西沖？」

彼が私の顔をのぞき込んできた。

いきなり顔と顔の距離が近くなり、変な緊張感が湧き上がってくる。

「お前やっぱり、なにかに困ってるよな？」

再び向けられた真剣な瞳に鼓動が加速する。目を合わせ続けられなくなり、私は早々に顔を逸らした。

いつも彼はこうだ。普段は私をバカにしていても、こういう時だけ心の機微を敏感に察知し直球で問いかけてくる。それが手を差し伸べてくれているかのようでくすぐったい。

とはいえ簡単には甘えられず、口から出かかった憂鬱をぐっと堪えた。

「やだなぁ。困ってなんかないって！　ほら！　秘書がにらんでるし、そろそろ本当に行ったほうがいいよ！」

やりとりの間ずっと、秘書が不満顔でこちらを見ていたのは事実だ。

私は倉渕くんの身体を無理やり半回転させ、大きな背中を力いっぱい前に押し出した。

そのまま素直に歩きだすも、彼は納得いかない様子で何度もこちらに顔を向けてくる。

私は学生の頃をぼんやり思い返しながら、彼がビルの中へ入っていくのを黙って見送ったのだった。

ライバル視していても実際は頭脳明晰《めいせき》スポーツ万能の彼にどう張り合っても勝てず、逆にからかわれてばかりいた。

『お前は確実に倉渕の息子に見下されている』と父に言われ続け、私自身もそうに違いないと悔しさを募らせていたけれど、年を重ねていくうちに彼はそういう人ではないかもと徐々に気づいていった。

困っていると『お前、要領悪いんだよ』と言いつつ手を貸してくれるし、落ち込んでいるとさりげなく励ましの言葉をかけてくれた。彼のいいところが少しずつ見えてきたのだ。

完全に心を開くのは難しくても時々は真面目な話をするようになり、結局親とは疎遠になった今も彼との関係は変わることなく続いている。

両親が倉渕くんの家族を毛嫌いしていても、私は彼と顔を合わせれば軽口をたたき合える友達のままでいたい。

そびえ立つビルを見上げ、私は唇を引き結んだ。

【西沖】という木製の表札をじろりと見てから、開けてもらった門扉を重い足取りでくぐり抜けた。

家政婦の後に続いて石畳を進みながら相変わらず綺麗《きれい》に調えられている庭の木々に目を向けていると、遠くから「まぁ！」と女性の驚いた声が聞こえてきた。

「麻莉《まり》お嬢様！」

私は足を止め、車庫のほうから足早に歩み寄る女性へ微笑みかけた。

「喜多《きた》さん。お久しぶりです。お身体に変わりはありませんか？」

喜多さんは対応した家政婦を下がらせると、改めて私と向き合いニッコリと笑いかけてきた。

「それは私の台詞《せりふ》でございますよお嬢様！　ちっともお顔を見せてくださらないものですから心配しておりました」

「……ごめんなさい」

私の手を取り両手でぎゅっと握りしめた喜多さんの目には涙が浮かんでいる。それに気づけば謝るしかできなかった。

私の目の前にいる割烹着姿《かっぽうぎすがた》のふくよかな年配の女性は喜多さんといい、家政婦として西沖家で長年働いている人だ。そして喜多さんが口にした『麻莉お嬢様』というのが……私である。

「さぁさぁ。中へお入りください」

そのひとことに思わずため息が出て、憂鬱さが舞い戻ってくる。

とっても上機嫌な喜多さんに手を引かれ、私は玄関内に足を踏み入れた。

磨き上げられた玄関も正面に飾られている不気味な鎧《よろい》も室内の静けさも、ここを出た四年前となにも変わっていない。それなのに家に帰ってきたというよりも今から他所様《よそ》の家にお邪魔するという気持ちのほうが強かった。

憂鬱は増幅していく。しかし、ここまで来たのだから腹をくくるしかない。早く用事とやらを済ませて、アパートのあの小さな部屋にさっさと帰ろう。

覚悟を決め家に上がると、西沖家の家政婦のひとりである黒髪にひっつめ頭の斉木《さいき》さんが足音もなく私の前に進み出て完璧な角度でお辞儀をした。

「麻莉お嬢様、お帰りなさいませ」

母の小間使いの立ち位置にいる四十代後半の彼女から真面目そうにもはたまた不機嫌そうにも見える顔を向けられ、私は射すくめられたように身を強張らせた。

「……た、ただいま、です」

「お荷物をお持ちいたします」

「……はぁ。すみません」

私は昔から、ニコリとも笑わない彼女に苦手意識を持っていた。それは家を離れ四年経った今でも心に残り続けている。

荷物を彼女に渡すのに抵抗を感じても、申し出を拒否するのは怖くてできなかった。差し出された彼女のほっそりした手に、私は持っていたショルダーバッグを預ける。

「斉木さん、お嬢様が怖がっておられますよ。もう少し愛想よくなさい」

ため息混じりに喜多さんが注意するけれど当の本人はそれに従うつもりはまったくないようだった。喜多さんをちらりと一瞥《いちべつ》してから無表情のまま次の言葉を発する。

「奥様がお待ちです。ご案内いたします」

『困ったわね』という表情を浮かべていた喜多さんとほんの一瞬顔を見合わせてから、私は斉木さんに向かって「はい」と返事をした。

連れていかれたのは三十畳の広さを誇るリビングルームだった。絨毯《じゅうたん》にソファー、テーブルをはじめ、ほとんどの家具が母の好きな海外ブランドのものでそろえられている。１ＬＤＫでのひとり暮らしに慣れ切った私にとってこの広い空間は居心地が悪い。

「奥様、麻莉お嬢様がお越しです」

私の前にいた斉木さんがうやうやしく頭を下げると、ソファーに座っていた女性が立ち上がった。

「麻莉、待たせすぎよ」

母だった。波打つ長い薄茶色の髪をゆるく後ろで束ね、切れ長の瞳にわずかに尖《とが》った顎。美人には違いないがお決まりの真っ赤な口紅のせいか毒々しく見える。

そんな母は不機嫌さを隠さずに鋭く私を見つめる。

そっちが呼び出しておいてその言い草はないだろうと頭にくるけれど、感情のまま言葉にしたら後が面倒くさい。

「……すみません。遅くなりました」

背中を丸めながら頭を下げると呆《あき》れたようにため息をつかれた。謝罪に心を込めなかったのだから仕方がない。

「まぁいいわ。こっちに来なさい。見せたいものがあるの」

「いったいなんですか?」

ダイニングテーブルに片手を置いてその場から動くことなく『いいから来なさい』と母が目で主張してくる。

嫌な予感に足がすくむ。誰かに助けを求めたくなり思わず周囲を見回したけれど、私の近くには斉木さんしかいなかった。彼女は私と目を合わさず預けたバッグを抱え持ったままその場から後退していく。

逃げ出したくなる気持ちを奮い立たせつつ私は母の元へ歩きだした。途中、リビングの奥にある小上がりに人の姿があることに気がついた。

和室になっているそこに父と妹がテーブルを挟んで座っている。

肩まで伸びた母と同じ薄茶色の髪、そして目鼻立ちのハッキリとした三歳年下の妹は私たちのやりとりを面白がるようにこちらを見ているけれど父は違う。

こざっぱりと整えられた白髪交じりの髪にへの字に結んだ口。眼鏡の奥にある瞳が見つめるのはテーブルに広げた新聞。私が来たと分かっているはずなのにこちらを見ようともしない。

その態度が『なるべく関わりたくない』という意志表示のように見えて、心の中に苛立ちが芽生えた。

「座って」

憮然《ぶぜん》としつつも言われた通り椅子に腰かけると、母が私の前に写真台紙のようなものを一冊置いた。

これはなに？　まるで……。

疑問と共に浮かんだ恐ろしいワードを慌てて心の中で打ち消した。微動だにせず真新しい表紙を眺めているると母がこほんと咳払《せきばら》いした。

「あなたの結婚相手よ」

「……えっ⁉」

予感が的中する。目の前のこれは〝見合い写真〟だった。

「私の？　美紀《みき》のじゃなくて？」

妹の名前を出すと母がしかめっ面をした。

「言ったでしょ、あなたのだって。聞こえなかったの？」

「聞こえましたけど、ちょっと信じられなくて」

これは親が……というか主に母が私のために用意したお見合いなのだろう。呼び出された理由は理解できてもこの事態は到底受け入れられない。

今現在付き合っている人はいないけれど、いずれは自分が心の底から望む相手と結婚できたらいいなと思っている。相手は自分で決めたい。理想は親の息がかかっていない人だ。

「お見合いはしません」

これだけは譲れない。ハッキリと自分の思いを口にすると一拍おいて母が鼻で笑った。

「まったく。物分かりの悪さはあの女譲りね」

母の口から飛び出した悪意のあるセリフに大きく目を見開く。

憤りで唇が震える私を横目に、母は見合い写真に手を伸ばし表紙をめくる。

「勘違いしないでちょうだい。見合いという段階は踏むけれど、それは形だけ。この方はあなたの結婚相手。夫になる人。決定事項よ」

写真の中の見知らぬ男性と目が合い、咄嗟に身を引く。

「なにを言って……」

「榊典英《さかきのりひで》さん。三十九歳。彼はあの『榊商会《さかきしょうかい》』の三男坊よ」

笑みを浮かべた口元には白い歯がのぞいているけれど肌が浅黒いからかちょっぴり浮いて見え、それが少し滑稽だった。

「半年後には榊商事の副社長に就く予定になっているわ。イギリスの有名な大学を出ていらして……それから……人望も厚く好青年なの。あなたにはもったいないような男性よ」

短髪で筋肉質そして色黒。肩幅のある身体つきからしてなにかスポーツをやっていそうにも思えるが、爽やかさはあまり感じない。偏見かもしれないけれど笑い方から軽薄さや高慢さがにじみ出ている。とてもじゃないが母の言うような人望の厚い好青年には思えなかった。

彼の顔に見覚えはない。でも首都圏を中心に不動産事業を手広く展開している榊商事という社名は何度も耳にしている。父の会社である西沖グループの主要取引先であり、なおかつプライベートでも付き合いがあったはずだ。

この話の裏で親たちの思惑が働いているのは間違いない。

「嫌です！　私は彼と結婚なんてしません！」

椅子から立ち上がり大きな声でハッキリ宣言すると、母が呆れたように短く笑った。

「いえ。あなたはするのよ。彼と結婚するの」

私の指示に従いなさい。そんな響きを伴いながら母が強い口調で返してきた。

大きく首を横に振って拒否すると、母の表情が険しさを増していく。

「分かってるでしょ？　どんなに抗ってもあなたは西沖家の一員なのよ。家のためを思って結婚なさい」

ごり押しするような迫力を伴って母が言い放つ。

たとえ家を離れていたとしても西沖家の一員には違いない。だから会社のために我慢しろと顔に書いてある。

自分が好きになれるかも相手に好きになってもらえるかも分からないというのに、こんな形で結婚なんてしたくない。

助けを求め視線を送ると父と目が合った。バカげた見合いをやめさせてほしいと訴えるべく口を開いたその瞬間、父がすばやく手元の新聞に視線を落とす。

「……お父さん」

呼びかけても父は私を見ようとしない。

父だけは私の味方でいてほしかった。涙で視界がにじみ、切なさで心が痛んだ。

「麻莉、いいわね。見合いは明日よ。今日はこの家に泊まりなさい。分かったわね」

「そんなの絶対にいや。私は言いなりになんてならない。帰ります」

怒りで声が震えている。もうこんなところにいられない。本当になんで来てしまったのだろうか。

部屋から、そしてこの家から出るべく私は歩きだす。

斉木さんからバッグを返してもらおうとして、足が止まる。ドアの横に控える彼女はなにも持っていなかった。

「なんて反抗的なの。今まで誰のおかげで生きてこられたと思ってるのよ。恩知らずなのも母親譲りね」

背後で母がいまいましげにそう呟《つぶや》いた。私は奥歯を噛《か》みしめ、拳を握りしめる。

「連れていって」

続けて彼女の口からそんな命令が飛び出し、斉木さんともうひとりの若い家政婦が無表情のまま私に歩み寄ってきた。彼女たちは私の両腕を捕らえ、そのまま強引に連れていこうとする。

「やめて！　放して！」

振り払おうとしたけれどダメだった。力が強すぎる。

「お見合いなんてしない。結婚なんて考えられない。西沖の名前じゃなくて私を好きになってくれる人と結婚するから！」

抵抗を続けながら声の限り私は叫んだ。

「まったく。これだから」

母は不愉快そうに、妹はおかしそうに私を見ていて、そしてやっぱり父は娘がこんなに声を荒らげているというのに無反応だった。

必死の叫びにも事態は好転せず、私はリビングから連れ出されたのだった。

押し込まれたのは以前自分が使っていた部屋だった。

どうしたらいいのか分からなくて、私はベッドに腰かけたまま大きくため息をついた。

鍵がかかっているため、どう頑張ってもここから逃げ出せない。このまま見合い時間になるその時まで軟禁状態に置かれてしまうのだろうか。

そんな気持ちになりながら、私はベッドに身体を倒した。

『恩知らずなのも母親譲りね』

さっきの言葉を思い出しただけで悔しくて悲しくて、また涙がこぼれ落ちそうになる。

お見合いを突きつけてきたあの女性は私と血のつながりはない。実の母は私が小学三年の時に亡くなり、その一年後、父はあの女性と再婚した。

妹はあの人の連れ子なので、父と血のつながりがある娘は私だけ。しかし私に味方をすると母が面白くない顔をするためか、父が私を庇《かば》うような発言をすることはない。母に嫌味を言われてもきつい言葉を投げかけられても父はなにもしてくれないのに、人懐っこい妹はしっかり可愛がっている。

不公平だという思いを私はずっと言葉にできずにいた。そのうえ、大学卒業と同時に父が代表取締役を務めている『西沖ホールディングス』へ入社したのと同時に、母の私に対する風当たりも強くなっていった。

無能。役立たず。それでもこの大企業で働けているのは親のおかげだ。

そう言われ続け一年が経った時、不満が爆発。私は退職願を出し、西沖家をも飛び出した。

それから四年、一度も連絡を取り合わなかったため完全に離れられたと思っていたけれど、私の考えは甘かったみたいだ。

誰かに決められた結婚なんて嫌だけど、結局は従うしかないのだろうか。ウェディングドレスを着ている自分を想像できても隣に立つ男性をうまく思い描けないというのに。

私はごろりと寝返りをうち、ドアをにらみつけた。

どうにかして逃げ出したい。でも家から出られたとしても……バッグがない。自宅の鍵もお金もなくどうしたらいいのか分からない。

ゆっくり身体を起こし、ぼんやりと窓の向こうを見た。風が強いらしくすぐそばにある大木の葉がざわざわと音を奏でている。

私はあっと小さく声を発し、窓へと足早に歩み寄った。

外には大きな木。思いきり伸ばせば手は届く。それに、お金も鍵もないけれどかくまってくれる友人はいる。うまくいけば、明日の見合いを回避できる。

ここは二階。行動を起こすには勇気がいるし、下手したら少し痛い思いもするだろう。けれど……なにもせず後悔するよりはましだ！

私は覚悟を固め、静かに窓を開け放った。

「そうですか。お越しじゃないですか」

店内は賑やかだというのに、西沖家の家政婦・斉木さんの淡々とした声だけがやけに大きく響いてくる。

私は身を小さくし、胸の前で握り合わせた手にぎゅっと力を込めた。

「分かりました。他をあたってみます。お忙しいところ失礼いたしました」

声の主はようやく帰る気になったらしい。私は少しだけ肩の力を抜いた。

「もし麻莉お嬢様がいらっしゃいましたら、早急にご実家へ戻るようお伝えください」

「はいはい。分かりましたよ。ご苦労さん」

斉木さんの冷ややかな口調に男性店員の呆れ声が続く。

しかしそこでふたりの会話は途切れた。耳を澄ませて店内の様子をうかがってみても、客の笑い声と話し声、客からの注文の声とそれに応える店員の声しか聞こえてこなかった。

斉木さんの声は拾えない。もう帰ったのだろうか。果たして私はここから出てもいいのだろうか。

やきもきしながらも極力身動きせずその場に留《とど》まっていると、突然目の前の戸が開かれ眩《まぶ》しさに目を細めた。

「西沖、もう出てきて大丈夫だぜ。悪かったな、こんなところしか隠れられそうな場所がなくて」

体格も大きく厳つい顔ではあるものの、高校まで同級生だった隅田《すみだ》くんの口元には笑みが浮かんでいる。

その風貌でちょっぴり可愛らしく笑う作務衣《さむえ》姿の彼を見て、ようやく私はホッとした。とりあえず危機は脱したらしい。

「ううん。かくまってくれて感謝だよ。隅田くんありがとう。恩に切る」

彼の手を借り、隠れていた場所——掃除道具入れの中から出た。

ここは『居酒屋すみだ』。実家から十分もかからない場所にある隅田くんのお父さんと若夫婦の三人で切り盛りしているお店である。

緊張で凝り固まっていた身体をほぐしながら、隅田くんが「とりあえず座れ」と顎で指示したカウンター席に向かう。客で賑わっている店内を見回しながら席に腰かけ、私は無造作に置かれていたメニュー表を手に取った。

きっと入口から見づらいこの席を私のために空けておいてくれたのだろう。

学生の頃からの友人とはいえ『かくまって』と突然店に飛び込んできた私を快く受け止める隅田夫妻には感謝しかない。その反面、お金を持っていない自分が席に座っていることに罪悪感も覚えた。このままずっと仕事の邪魔をし続けるわけにはいかない。

早く店を出たほうがいいのは分かっている。しかし、財布もスマホも家の鍵もない。靴すら履いていないのにどうしよう。

「西沖、お前好きなの頼めよ。なんにも食べてないんだろ？」

厨房《ちゅうぼう》を忙しなく出入りしながら、隅田くんが爽やかな笑みと共に話しかけてきた。

「……えっ。いやでも。実はバッグを置いてきちゃってお財布が」

「いいって。遼につけとくから好きなだけ食べろ」

「なんで倉渕くん？　なんで俺がって怒られるよ」

「倉渕くん、超お金持ちだから。気前よく出してくれるって」

あははと笑いながら、亜由子《あゆこ》がやってきた。

作務衣姿に髪を後ろでひとつに結わっている彼女が隅田くんの妻。そして私の小学校の頃からの友達である。

「とりあえず、これ履いて」

「ありがとう。お借りします」

亜由子は私のために、お店から歩いて五分ほどの場所にある自宅からスニーカーを持ってきてくれた。サイズからして彼女の物だろう。

好意に甘えようと思うけれど自宅からここまで靴下のまま歩いてきたため、そのまま履くのは気が引ける。

かといって裸足で履くのも違う気がして困っていると、そんな私に亜由子が気づいて小声で話しかけてくる。

「実はこれね、お義母《かあ》さんからのもらい物なんだけどサイズが小さくて履けないのよ。麻莉だったら私より足が小さいから履けると思うんだよね。あげるから好きに履いちゃって」

「いいの？」

「いいのいいの……って。あれ？　やだぁ。手首から血が出てるじゃない」

右手首にかすり傷があった。言われてみればさっきから少し痛かった。

「ちょっと待ってて」

「亜由子、待って！　これくらい平気だから！」

慌てて声をかけたけれど、亜由子は耳を貸さずに店の奥へ姿を消す。

お店はけっこう賑わっている。今日は隅田くんのお父さんがいないため、隅田くんがひとりで店を回している状態。大変そうに見えるから、申し訳なさでいっぱいになっていく。

ほどなくして救急箱を手にした亜由子が私のところに戻ってきた。

「ほら。手を出しなさい！」

「ありがとう。でも自分でできるから仕事に戻って」

亜由子が救急箱の中から取り出したガーゼや絆創膏《ばんそうこう》を私はかき集めていく。

「分かった。手当てしたら戻るわ。とりあえず傷口洗おうか」

腕をがっちり掴まれた。

「自分でやるって」

亜由子に連れていかれそうになっていると、自分のそばで足を止めた誰かがふっと笑った。

「それ俺が引き受けるわ。お前は仕事しろ」

聞こえてきた声にハッとする。まさかと思いながら振り返ると、数時間前に別れたばかりの人が立っていた。

彼がまとっている高級感と居酒屋の雰囲気が合っていない。似合ってなさすぎて逆に笑えてくる。

「倉渕くん……なんでここに？」

「なんで？　西沖が困ってるっぽいって連絡もらって、面白そうだから見に来た」

言い草だけでなく完璧な微笑みも嫌味にしか思えなくてしかめっ面をすると、「分かった」と亜由子が呟く。

「倉渕くんにあとはお願いするわ。面倒見てやって」

「……えっ」

あれほど仕事の邪魔はしたくないと思っていたのに、呆気《あっけ》なく身を引いた亜由子に『行かないで』と叫びたくなる。

「了解。ほらこっち来い」

「……大丈夫です。ひとりでできますから」

「うだうだ言うな。来い」

亜由子に代わって、今度は倉渕くんが私の腕を掴み取った。

連れてこられたのはトイレのそばにある小さな洗面台。彼は私の手を自分の目の高さまで持ち上げた。傷口を確かめてから勢いよく蛇口をひねり、流れ出る水の中へ私の手を移動させる。

傷口がちりっと痛んだ。思わずうめき声をあげた私に、倉渕くんが「大人なんだから我慢しろ」と囁きかけてくる。

文句を言おうとしたけれど、彼と自分の距離の近さに動揺して頭の中が一瞬で真っ白になる。

自分の肩と彼の腕がぴったりと触れている。意識する必要などないのに鼓動が勝手に速くなっていく。なぜか、綺麗な横顔から目が離せない。

こうして間近で見れば、彼の顔がいかに整っているかがよく分かる。色白の肌はきめ細やかだし、くっきりとした二重の瞳も大きくて綺麗。顎のラインはシャープで唇の形だって……。

薄い唇を目線でなぞった時、倉渕くんが私を見た。息を詰めた私にニコリと笑いかけてくる。

至近距離での完璧な微笑に鼓動が跳ねた。

「ホント世話のかかるヤツ」

途端に恥ずかしさが生じる。動揺しまくりの自分を見られたくなくて、熱くなった顔を逸らした。

「世話してくださいなんて頼んでない！　これくらい自分でできる！」

「はいはい」

倉渕くんは蛇口を止めるとポケットからハンカチを取り出した。某高級ブランドのロゴが入ったそれで傷口周辺を軽く拭く。

彼の手からぽたぽたと水滴が垂れている。自分より私を優先してくれている彼に可愛げのない態度をとった自分が情けなくなる。

「……ありがとう」

感謝を伝えると倉渕くんが唇の端を上げた。ゆっくりとした足取りで席に戻り、再び私の手を掴み取る。

「俺と別れてからなにがあったの？」

既に救急箱から取り出してあった絆創膏を傷口に貼りながら静かに問いかけてくる。

答えられずにいると、顔を上げた倉淵くんがため息をついた。

「しかも違うところも怪我してる。だよな？」

言うなり彼が私の足首を軽く蹴った。痛みで出かかった悲鳴を必死に堪える。

「……なんで分かったのよ」

「歩き方、いつも以上に変なんだよ」

涙目でにらみつけると、彼から眼差しを鋭く返された。

「なにがあった？」

声がちょっと怒っている。

見つめ返していると、彼の瞳の奥でなにかが揺らめいているように見えてくる。怒りとは違う感情。それはたぶん心配。席から洗面台まで十メートルくらいしか距離がないというのに私の変化に気づいてくれた。

彼の思いを無下にできず、私は口を開いた。

「……木から落ちたの」

正直に打ち明け三秒後、倉渕くんがぷっと吹き出した。

「猿も木から落ちるってやつ？　なんだよ。さっきの話、まだ根に持ってんのかよ」

「違う！　本当の話！」

「……だったら。大人になっても木登りをして遊んでるのか？」

実家から逃げ出すため、窓のすぐ外に植えられていた木を伝って降りようとした。飛び移った枝は幸いにも私の重みに耐えうる強度を持っていた。手に汗をにじませながら下へ下へと慎重に移動したのだけれど、地面が近くなり、あと少しで降りられると安心した瞬間、私は足を滑らせ……結果、足首を捻《ひね》り手首にかすり傷を負った。

「遊んでいたわけじゃないわよ！　いろいろ事情があったの」

「事情って？」

そこは言いたくなくて口を閉じると、「また黙秘か」と倉渕くんがぼやいた。

そっぽを向いた時、カウンターの向こうから隅田くんが話しかけてきた。

「なにか食べるか？」

「あぁ。適当にふたり分用意して」

「あのっ！　ちょっと待って――」

「了解」

私がお財布を持っていないのを知ってるくせに隅田くんは倉渕くんとだけ会話をし、厨房に消えていく。

亜由子と私が友達であるように、倉渕くんもまた隅田くんとは古くからの友達である。思えば私が倉渕くんと普通に話すようになったのも、亜由子と隅田くんが仲よくなったのがきっかけだった。

「西沖、靴と靴下脱いで」

「えっ？」

倉渕くんが救急箱の中にあった湿布を手に席を立った。そのままその場に片膝をつこうとしたから、私は慌てて湿布を奪い取る。

「そこまでしてくれなくていいってば！　自分で貼るから」

木を伝って部屋から逃げ出したけれど、実は今日私はスカートを穿《は》いている。ひざ丈だから倉渕くんにひざまずかれると目線が気になってしまう。

しぶしぶといった様子ではあるが彼が椅子に座り直したのを確認し、私は右の靴と靴下を脱いだ。

痛みを感じる場所に湿布を貼りつけ、私は静かに切り出した。

「あのね倉渕くん。実はいろいろあって……今、私お財布を持っていないの。実家に置いてきちゃって、今すぐ取りに帰るのもちょっと難しくて……」

「無一文ってこと？　そんなの気にするな。食事くらいおごってやる。好きなだけ食え」

「ううん、後で返す。食事代だけ貸してくだ──」

最後まで続けさせてもらえなかった。さっきまで優しく手当てしてくれた人の手だとは思えないくらい乱暴に両頬をつままれた。ちょっと痛い。

「おごってやるって。三度目は言わせるな」

「えっでも……は、はい。ありがとうございます。すみません。よろしくお願いします。感謝します。さすが倉渕くん。さすが男前」

そこまで言ってやっと彼の手が私の頬から離れていった。

「なぁ。コイツ、実家でなにかあったの？」

私に聞いてもらちがあかないと思ったのだろう。ちょうどビールとウーロン茶を持ってきた亜由子に倉渕くんが問いかけた。

「詳しい話は私たちもまだ聞いてないわよ。けどね、家政婦さんが麻莉を捜しに来てたからなにか実家でやらかしたのは確実ね」

答えた直後、亜由子は「いらっしゃいませー！」と店に入ってきた客の元に飛んでいく。

「捜しに来た？　喧嘩《けんか》でもして壺《つぼ》とか壊しまくって飛び出してきたのか？」

きちんと靴を履いたのち、自分の前に置かれたウーロン茶のグラスを両手で包み込んだ。

「なにも壊してないよ。ただ逃げ出してきただけ」

苦笑いしてみたけど彼は無表情のままだった。綺麗な瞳で「なにがあった？」と問いかけてくる。

「ちょっとちょうだい！」

「わっ。ちょっと待て！」

私は倉渕くんに運ばれてきたビールへ手を伸ばした。そのままゴクゴクと苦い飲み物を喉に流し込んでいく。

「ううぅ。まずい」

「酒が苦手なくせにけっこう飲んだな」

「お酒飲まなきゃ、やってられない気分なの！」

私はビールのグラスを倉渕くんに押しやり、大きく息をついた。

「私、結婚するんだって」

「……は？」

「だから、この人があなたの結婚相手よってお母さんが見合い写真をどーんって」

身振り手振りを交えて説明していくうちに、倉渕くんの大きな目がさらに大きくなっていった。

言葉にしたら苛立たしさが再熱する。返したばかりのグラスを引き戻し、ビールの残りを一気に飲み干す。

「亜由子！　おかわり！」

彼女に向かってグラスを掲げれば、苦笑いされた。

「でね。相手は……ええと確か……榊商会の三男だったかな。榊ナントカさん。その人が私の結婚相手。決定事項だってさ。母が明日は見合いよーなんて言うから嫌だって怒ったの……って、おーい。倉渕くん聞いてる⁉」

倉渕くんが目を見開いたままの状態で固まっている。腕を掴んで揺するとハッとしたように私を見た。

「悪い。西沖が結婚とか、まったく想像できないっていうか。結婚とか一生無理だろうなって思ってた」

「なにそれ。無理とかひどくない？」

「西沖は結婚と無縁の人生を送りそうな気がしてたから、俺今すごいびっくりしてる」

「やめてー！　倉渕くんに言われたら本当にそうなっちゃう気がする！」

こんな自分だけど、いつかは結婚できると信じている。優しい旦那様との甘い新婚生活を夢見ているというのに……大事に温めている思いを全否定された気分である。

「とりあえず、おめでとう？」

「おめでとうじゃない！　まったくめでたくない！」

めでたいはずがないという憤りが心の中で渦巻き始めれば、自分の心の中にある違う感情にも気づかされる。

面白くない。倉渕くんには『おめでとう』なんて言われたくなかった。言わないでほしかった。

飲み慣れないお酒が入ったせいもあるのかもしれないけど、笑っちゃうくらい悲しくなる。感情のコントロールが利かなくなってきている。

亜由子が運んできたビールを奪い取り、勢いに任せて飲みながらちらりと倉渕くんを盗み見た。彼は頬杖《ほおづえ》をついたまま難しい顔をしている。

「……まぁ確かに。将来的に考えると西沖にとってはいい話じゃないかもな」

「どういう意味？」

倉渕くんは肩をすくめただけで私の質問に答えなかった。

私はビール、彼は氷が溶け始めているウーロン茶を手に取り、それぞれにグラスを傾ける。しばらくなにも話さずにただ手元にあるそれを飲んでいたけれど、突然彼が冷めた表情でポツリと呟いた。

「……結婚、ね」

「倉渕くん、結婚のご予定は？」

「ない」

彼の返事を聞いてホッとしている自分がいる。そんなに飲んでいないのにもう酔っているのかと苦笑いしてから、続けて浮かんできた質問を言葉にする。

「じゃあお見合いは？」

「そんな形式張ったものはないけど、取引先のお偉いさんに『うちの娘なんてどうだ』って言われて食事に連れていかれたことならある」

今度はざわざわと心の中が波立ち始めている。変な感じだ。

「娘さんを紹介されたの？」

「あぁ」

「それでどうなったの？　そのまま付き合った？」

食い気味に身を乗り出した私に、倉渕くんは呆気にとられたような顔をしたのちニヤリと笑った。

「気になる？」

「違うよ！　ただそんな話を聞いちゃうと、そのあとどうなったのかなって」

「そういうのを気になるって言うんだろ？　普通」

恥ずかしさと気まずさをごまかすようにビールへ手を伸ばすと、肩を揺らしていた倉渕くんが先にグラスを掴み取った。

「お前、飲むペース速いから」

「飲まないとやってられないって言ったでしょ！」

取り返そうと試みても軽くかわされ、指先は空を切るばかり。

てっきり飲みすぎだから取り上げたのかと思ったけれど違ったようだ。彼はグラスを傾けてビールを飲み、そして満足そうな顔をしながら軽くなったグラスを私の手の中に戻してきた。

それはさっきまで私が飲んでいたグラスであり、彼の唇が触れたそこは私が口をつけた辺りでもある。いわゆる間接キスだ。

返されたグラスに変な緊張を感じている私をよそに、倉渕くんは運ばれてきた料理をさっそく頬張りだしている。さっきの自分の行動に関して特になんとも思っていないみたいだ。

自分ばかりが意識していると気づかされ、さらに頬が熱くなっていく。

「丁重に断った」

「え？」

「さっきの話の続き。顔が好みじゃなかったのもあるけど、それ以上に食べ方が汚いっていうか気になるっていうか。俺はきっと彼女の全部を好きになれないだろうなって本能的に悟ったんだよね」

彼は微笑み、私を見つめたままそう語った。

本心だろうと分かる言葉がじわりと心に染み込んできて、頭の中にひとつの選択肢が生まれた。

「倉渕くん。お願いがあるんだけど」

「ん？」

「私、今から限界に挑戦する。酔いつぶれるつもりなので大変かもだけど私を西沖の家まで運んでください！」

宣言するなり私は手を挙げた。

「なんでもいいからお酒持ってきて。とりあえず十杯！」

「ちょっと待て！」

「お見合いしてやろうじゃない！　……ただし私は二日酔いで行ってやる！　お見合いの場に二日酔いで現れるような女、妻にしたいと思う⁉　思わないよね！」

少し身をのけ反らせながらも倉渕くんが「まぁね」と同意してくれた。途端、この方法がうまくいくような気持ちになる。

「結婚する人は自分で決めたい。好きだと思う人と結婚したい。私をちゃんと好きになってくれた人とがいいの！　親の思い通りにはさせない。ひと泡吹かせてみせる！」

私は高らかに宣言してから、唖然《あぜん》としている倉渕くんをよそに残りのビールを一気に飲み干した。

『居酒屋すみだ』を出て、私は倉渕くんとアーケードの商店街を歩いている。

酔いつぶれると宣言したけれど、結局それは叶《かな》わなかった。運ばれてきたお酒はほとんど倉渕くんが飲み、挙句途中からお酒はいっさいテーブルに並べられなくなった。さすがの私もソフトドリンクでは酔えない。倉渕くんによって私の思惑はすべて阻止された。

とはいってもお酒が入った状態なのに変わりはなく、普段よりも陽気に歩いていると倉渕くんが呆れ顔で話しかけてきた。

「ふらふらすんな。転ぶぞ酔っぱらい」

「やだなー。ふらふらなんてしてないよ」

「まっすぐ歩けてないし、足引きずってるのも痛々しい」

これから私たちは駅前でタクシーを拾い、倉渕くん行きつけのお店に行く予定なのである。

というのも『居酒屋すみだ』で楽しく飲んでいたら、また斉木さんが陰気な空気を発しながら訪ねてきたためだ。斉木さんは友人夫妻の迷惑顔を気にも留めず、『お嬢様から連絡はありましたか？』としつこく質問を繰り返した。

倉渕くんの機転もあり、私は即座に身を隠すことができた。しかし自分の存在が商売の邪魔になっていることを再認識し、ここにいさせてもらうのは限界だと思えた。嫌だし憂鬱だけれど、おとなしく実家に帰るべきかもしれない。

すべてを諦めて肩を落とした時、倉渕くんが言ったのだ。『ここにいるのも気を遣うだろ。店を替えようか』と。

「いろいろありがとう」

彼に笑いかけると倉渕くんも微笑みを返してくれた。

「あっちの店には個室もあるし、びくびくしないで済むぞ。ゆっくり食べながら明日の作戦でも立てればいい」

「お酒飲ませてくれれば万事解決」

「またそれか。お前はバカか！　自分の身体を大事にしろ！」

叱られているのに、彼の眼差しにはたっぷりの優しさがある。

倉渕くんの綺麗な顔から目を逸らせずにいると……不意に足がもつれた。小さく悲鳴をあげ数秒後、私は息をのむ。

倒れそうになると同時に倉渕くんが私の腕を掴んだ。そのまま引き寄せられ、私は彼の胸元へ倒れ込む。引き寄せられたというよりは、抱き寄せられたと言ったほうが正しいかもしれない。

私は今、彼の腕の中にいる。身じろぎして顔を上げるともちろんすぐそこに倉渕くんの顔があり、彼もじっと私を見つめる。

嫌悪感なんてなかった。突き飛ばして、彼の腕から逃げ出そうとも思わなかった。ただ触れている場所が熱かった。

「お前……このまま結婚するのか？」

倉渕くんの大きな手が私の頬をなぞった。背筋が甘く痺《しび》れ、感じる指先の熱さが鼓動を速める。彼の真剣な瞳に心が締めつけられていく。

自分を見失いそうになり、私は慌てて彼の手を払いのけた。

「やだなぁ、結婚なんてしないよ。どうにかしてこの話をなかったことにしてみせる。二日酔いがダメなら行儀の悪い食べ方でもして幻滅させようかな」

「確かに俺はそれで嫌になった。けど榊に効くかどうかは分からない……いや、たぶん無理だろうな。どうあがいてもお前の作戦は無駄に終わる」

ハッキリ断言されてムッとする。

「そんなのやってみないと分からないじゃない！　やる前から希望を潰すような発言しないで！」

「分かるよ。見合いの場に行ったら最後、とんとん拍子に話が進んで、お前は榊の……妻になる」

倉渕くんの胸元を両手で押し、私は彼の腕の中からすり抜けた。

「なによ。作戦でも立てようだなんて煽っておいて。結局は親の言う通り結婚するしか道はないって、そのまま人生諦めろとでも思ってるんでしょ？　もういい！」

倉渕くんに背を向け、歩きだす。手で押さえた胸元にはさっきとは違う苦しさが広がっている。ひどく腹立たしいのに悲しくて切なくて涙があふれそう。同時に自分の勝手さにも気がついた。

倉渕くんならきっと私を救い出してくれる。そんなふうに勝手に思い込んでいた。私は自分で感じていた以上に彼を信じ頼りにし甘えていたのだ。

彼と私は特別な関係ではない。お互いただの友人のひとりにすぎないというのに、なんでこんなに期待しているのだろう。

たぶん答えは心の中にある。それもすぐに手が届きそうなところに。でも、答えを求めてはいけないような気がした。触れたら、自分でこの関係を壊してしまいそうで怖かった。

アーケード街を抜け駅前に出ようとした瞬間、後ろから腕を掴まれた。

「西沖、待てって」

「放して！」

「嫌だ。俺が言いたいのはそんなことじゃない」

力いっぱいその手を振り払おうとするけれど、彼は私を放してくれなかった。

「相手はお前とじゃなくて西沖の家と結婚するんだと割り切っていたら？　お前は〝妻〟という飾りにちょうどいい。そんなふうにしか考えていなかったら？　お前の中身に興味すら持つ気もなかったら？」

真剣な顔で問いかけてくる。私は息をするのも忘れて、ただ彼を見つめた。

「榊の三男は女癖が悪いって噂はよく耳にする。俺も実際にレストランで女にひっぱたかれてるのを見たことがある」

私はただ〝人望も厚い好青年〟としか聞いていない。しかし、噂になっているのなら母が把握していてもおかしくない。知っていたからこそ、榊さんとのお見合いを実の娘である美紀ではなく前妻の子である私に押しつけたのだとしたら……納得だ。

悔しくて涙がこぼれ落ちそうになり両手で顔を覆う。

「言いなりになんてなりたくない！　私、結婚なんてしたくないよ！」

心をさらけ出すように声をあげた瞬間、身体を引き寄せられた。たくましい腕できつく抱きしめられる。

「結婚なんてさせない。絶対に」

「……倉渕、くん？」

すぐそこにある力強く輝く瞳に一瞬で引きこまれていく。

「やっぱり俺、お前が誰かのものになるなんて考えられない……考えたくない」

切なく苦しそうに彼がそう言った。声は弱々しくもあるのに、私に向けた熱い眼差しは強い決意に満ちているよう。

声も表情も私を包み込む腕も、彼のすべてに心が反応している。身体にじわりと広がった甘い痺れに私は身動きもできぬまま、ただ彼を見つめ返していた。

周囲の静寂を打ち消すように、キキッと車のタイヤがブレーキ音を響かせた。

「すみません。発見できませんでした」

続けて聞こえた声にビクリと肩が跳ねる。

慌てて視線を移動させると案の定、駅前のロータリーの一角に停車した車のそばに斉木さんが立っていた。後部座席に向かって何度も頭を下げている。

車内に誰が乗っているのかまでは見えないけれど、彼女が対峙《たいじ》するのは西沖の車でまず間違いない。そして斉木さんの様子からして車の中にいる人物はおそらく……母だろう。

私から斉木さんがよく見えるのだから斉木さん、もしくは車内の誰かがこちらに顔を向けたら一巻の終わりである。

温かなこの腕の中がいい。私は彼のそばにいたいんだ。

強い思いに突き動かされ、彼を掴む手に力を込める。

倉渕くんも私の視線の先にいる人物に気がついたのだろう。一歩横に移動し車へと背中を向ける。まるで腕の中に隠すかのように私をぎゅっと抱きしめた。

「その縁談、俺がぶち壊してもいい？」

低い声は力強さと少しの冷淡さを含んでいた。

「そんなこと……できるの？」

質問に質問を返しながらも、期待で胸がいっぱいになっていく。

「もちろん。俺を誰だと思ってるんだよ。むしろ俺以上に適任な男はいないだろ」

「なにそれ」

微笑む彼の顔はいつも通り自信に満ちあふれている。そんな彼が頼もしくて仕方がない。

それに、これほど真剣に私の力になろうとしてくれる人はこの世界で倉渕くんだけだろう。やっぱり彼は私にとってかけがえのない人だ。

再認識した思いに胸を熱くさせた瞬間、彼が次のひとことを放った。

「お前は両親に倉渕遼が好きだと言えばいい」

「……え？」

「倉渕のとこのひとり息子と付き合ってる。いずれ結婚したい。それだけでいい」

「く、倉渕くんと？」

予期せぬ提案に頭が追いついていかず、漆黒の瞳をじっと見つめ返した。

「そう。俺以外の男と結婚なんて冗談じゃないって」

遠くで車のドアが閉じた音がした。続けてエンジン音も響き、こちらへ車が向かってくるのが分かった。

けれど、私は彼から瞳を逸らすことができなかった。近づいてきた彼を受け入れるように瞳を閉じると、互いの唇が柔らかく重なり合った。

繰り返し口づけを交わす私たちをその場に残して、車は走り去っていく。

彼とのキスに夢中になっていた。優しいだけじゃない徐々に激しくなるキスに、私はのめり込む。

戸惑うばかりで翻弄されているというのになぜか心地よい。時折こぼれ落ちる熱い吐息から、自分だけでなく彼も気持ちよく感じていることが分かり身体が熱くなる。

見つめ合う最中、彼が微かに目を細めた。

私を愛しく思っていると錯覚させるような熱い眼差し。色香を帯びた彼の表情に心が疼《うず》いた。

「麻莉」

初めて彼に名前を呼ばれた。

耳元で囁きかけられた低い声と自分の耳を掠《かす》めた彼の唇がくすぐったくて身をよじっていると、彼は私の腰を引き寄せ首筋にも唇を這《は》わせてきた。ぴくりと身体が反応する。

甘ったるい声を発した私の口は彼の唇でたやすく塞がれる。

「俺を信じてすべて委ねて。誰の手からも麻莉を守り抜いてみせるから」

うっすらと涙でにじむ視界には倉渕くんの真剣な顔。

築いてきた関係が壊れることが怖かったはずなのに、今私はこのまま口づけを交わし続けたいと強く願っている。思いはどんどん膨らんでいく。

「……遼」

初めて彼を名前で呼んだ。声が震えているのは緊張感のせいだけではない。こんなふうに彼と触れ合えていることに私は喜びを感じていた。

ずっと心の奥底では、彼との関係を壊したいと思っていたのかもしれない。女として見てほしかったのかもしれない。

彼の熱い口づけを必死に受け止めながら、ぼんやりする頭で私はそんなことを考えた。

二章　偽りない気持ちを募らせて

ぬくもりに包み込まれたまま目を覚ますと、すぐそこに倉渕くんの整った顔があった。

気持ちよさそうに寝息を立てている彼の腕は私を離さず、触れ合う肌の心地よさにうっとりと息を吐く。

広々としたホテルの一室。ベッドの中には倉渕くんと私。一糸まとわぬ姿で抱き合っている。

駅前で彼と口づけを交わし、熱が冷めぬままこの高級ホテルに向かい、そのまま私は……倉渕くんと一晩を共にしてしまった。朝になり昨晩より少し冷静になれば、彼とぴったりくっついているこの状態が恥ずかしくてたまらなくなってくる。

私は倉渕くんと……しちゃったんだ。

ぼんやりと彼の綺麗な顔を見つめていると、なんとも言えない気持ちになっていく。

彼は学生の頃からとても人気があった。私の周りでも彼に片想いしている女の子がいっぱいいいた。ものすごくモテてはいたけれど常に彼女がいるという感じではなく、どちらかといえば、みんなのアイドルといったような孤高の存在だった。

私がそんなイメージを抱いているのは、彼が誰かと付き合ってるという話を一度も聞かなかったから。そんな彼と一緒に朝を迎えるなんて……初めての相手が倉渕くんだなんて……まさかの展開である。

「……遼」

そっと頬に触れてみる。しなやかな肌はとっても温かくて、彼との一夜は現実なのだと思い知らされる。

ゆっくりと彼がまぶたを持ち上げた。綺麗な瞳が私を捉え、わずかに口元に笑みが広がった。

「麻莉」

掠れ声で名を呼ばれ、ドキリと鼓動が跳ね上がる。

そのまま私の身体を引き寄せて額に口づけしたあと、彼のまぶたは徐々に閉じていった。

おでこにキスされた……。

彼の唇の余韻にドキドキし数秒後、私は我に返った。現実が一気に迫ってきて、彼の綺麗な顔から勢いよく視線を逸らす。

自分たちが付き合ってることにすればいい。そんな流れから今に至ったわけで、もちろん本物の恋人ではない。それなのに、ついさっきの口づけで彼に大切にされてると勘違いしそうになった自分が怖い。

それに彼は倉渕物産のご子息であり、私の父は倉渕くんのお父さんを目の敵《かたき》のように嫌っている。詳しい理由は分からないけれど、学生の頃からの顔見知りだと父が言っていた。もしかしたらライバル視していたのではと想像する。

倉渕くんが好きだなんて、ましてや彼と付き合っていていずれ結婚したいなどと口にしたら……たとえあの縁談が母主導だったとしても、間違いなく父は激怒する。揉《も》めに揉めて西沖家だけにとどまらず、遅かれ早かれ倉渕家をも巻き込んでの大騒動に発展するだろう。

私の問題なのに、このまま彼に甘えてしまっていいのだろうか。もし事態が手に負えないほど大きくなりでもしたら……大変だ！

私は両手で顔を覆ったあと、彼の腕の中からの脱出を試みる。大急ぎで脱ぎ捨てた服を拾い上げて身に着けた。

「……麻莉？」

服を着終わってホッと息をついたその時、彼が再び私の名を呼んだ。

寝言であってほしい。そう願いを込めながらベッドを振り返り、小さく悲鳴をあげる。

倉渕くんはベッドの上で身を起こし、気だるげに前髪をかき上げながら眠そうな顔で私を見ていた。

「……どうした？」

「き、昨日のことはすべて忘れて」

「は？」

私の言葉で眠気なんて一瞬で吹き飛んだかのように、彼の目が大きく見開かれた。

「隅田くん経由でちゃんとお金は払います。だからお願い。全部忘れてください！

倉渕くん、ごめんなさい！　さようなら！」

「麻莉！　待てって！」

ベッドから降りようとする彼を見て、私は勢いよく走りだす。そのまま部屋から飛び出した。足をもつれさせながら廊下を走ってエレベーターへとたどり着き、呼び出しボタンを連打する。

やっとエレベーターが到着し急ぎ足で乗り込めば、パタリと扉が閉じる音が聞こえた。

「麻莉っ！」

倉渕くんだ。閉まりゆくエレベーターの扉の向こう側から慌てた声も聞こえてきて、私は両手で耳を塞いでぎゅっと目をつぶる。

乗り込んだエレベーターが静かに下降し始めた。

「本当にごめんなさい」

そもそも私が間違っていた。誰かに頼らずに自分で解決すべき問題だったのかもしれない。

彼に甘えすぎていたと反省しながらホテルのロビーを進んでいく。

見上げた視線の先には大きな柱時計がある。朝の八時。まだまだ今日は始まったばかり。

これからどうすべきだろう。これ以上逃げ回るのも難しい。嫌だけど、西沖の家に戻って物事と向き合うべきかもしれない。

ホテルの外に出て、実家のある方向に向かってとぼとぼと歩きだす。

「やっと見つけました」

突然後ろから乱暴に腕を掴み取られ、私は小さく悲鳴をあげた。

振り返ればそこには斉木さんがいた。不機嫌な眼差しにぞくりと背筋が寒くなる。

「麻莉お嬢様。まったく、こんなところに隠れていらっしゃるとは。どうりで見つけられなかったわけです」

斉木さんはホテルを見上げながら愚痴をこぼした。

私は余計なことを聞かれたくなくて黙り込む。

「おかげで昨日からずっと奥様のご機嫌が……まぁいいです。今ならまだ間に合いますから」

言うなり斉木さんは私の腕を引っ張り歩きだす。

「私は結婚なんかしたくないです」

「まだそんなことを？　いい加減にしてください！」

自分の思いを主張したけれど、大きな声で一蹴されてしまった。

連れてこられた先には、昨日見かけたのと同じ車が停められていた。斉木さんは後部座席のドアを開け、そのまま私を車の中に押し込もうとする。反発心は生まれたけれど抵抗はしなかった。

逃げずに戦わなくちゃ。

車に乗り込んでから大きく息を吸い込み、覚悟を決める。すぐさま斉木さんは私の隣に乗り込み、車も動きだす。

斉木さんが不機嫌な顔でため息をつき続けているため、車内の空気はぴりっと張りつめている。居心地が悪くて私はそっと自分の身体を抱きしめた。倉渕くんの腕の中にいた時とは大違いである。

昨晩、私は幸せだった。改めてそう思う。

ちょっぴり悲しくなり、ついホテルを振り返り……ドキリとする。思わず座席から腰を浮かせた。

入口近くに倉渕くんがいて、誰かを捜すように辺りを見回している。捜しているのは……きっと私だ。

必死な様子に涙が込み上げてくる。

「どうかなさいましたか？」

「いえ。なにも！」

斉木さんも背後を確認しそうになったため、私は強く否定する。座席に座り直して、まっすぐ前を見た。思い浮かべそうになる彼のちょっぴり意地悪な笑みや昨日私にくれた甘い優しさ、そしてさっき目にした焦り顔を必死に心の奥底に隠したのだった。

重苦しい静寂に包まれたまま、どこに立ち寄ることもなく車は西沖家に到着した。

斉木さんに連行されるような格好で車から降ろされ、玄関へ向かって歩く。

すぐに母の前へ連れていかれるものだと思っていたけれど、舞い戻った先は数時間前に逃亡を図った自分の部屋だった。

入るなり、その時には部屋になかったものが目についた。

まずは、無造作にベッドの上に置かれたノースリーブのワンピース。ベルベッドの白地に灰色の花柄があしらわれている品のよさそうな一着だ。隣には上に羽織るのだろうグレーのカーディガンも添えられている。

それから鏡台のメイク道具。ピアスやネックレスもずらりと並べられてある。

これらはもしかして、いやもしかしなくても……。

「着替えてください」

業務命令を下すような口ぶりで斉木さんが私に言った。

「嫌です」

ぎゅっと拳を握りしめ、斉木さんを見ないまま私は短く返した。目の前にあるこれらが見合いの場へ行くために準備されたものならば、私は断固として拒否する。

「聞き分けのないことをおっしゃるのは、もうおやめになったらいかがですか？　あなたは今から榊様とお会いになる。これは決定事項なのですから」

「……嫌です」

なんと言われようが私は見合いなんかしない。

斉木さんとにらみ合っていると乱暴に部屋の扉が開かれ、母と喜多さんが室内に入ってきた。母は途中で足を止め、私の顔を見つめたまま不快感たっぷりのため息をつく。

威圧的でひるみそうになったけれど、私は唇を噛みしめつつもなんとか気持ちを立て直す。しかし、こちらに走り寄ってきた喜多さんの様子に気がついた途端、張りつめていた感情がわずかにゆるんだ。

「麻莉お嬢様。昨晩はいったいどちらに？　心配したんですよ」

喜多さんは私の前までやってくると、泣きそうな声で優しく話しかけてくる。

「喜多さん。ご心配おかけしました。ごめんなさい」

恐れや不安が痛いほど伝わってきて、私もつられて目に涙が浮かぶ。

「早く麻莉を着替えさせて。のんびりしている時間はないのよ」

響き渡った母の声に現実へと引き戻される。

「嫌です。着替えません。見合いも結婚もしませんから」

やはり斉木さん相手とは違う。母を目の前にすると声が震えた。ものすごく怖い。

喜多さんが母を振り返り、「僭越《せんえつ》ながら奥様」と静かにしゃべりかけた。

「麻莉お嬢様のお気持ちを大事になさったほうが……」

しかし言葉は続かない。母からにらみつけられ、喜多さんは身体を強張らせた。

「麻莉の肩を持つなんて……あなたは私が間違っているとでも？」

恨みのこもった母の響きに背筋が寒くなる。喜多さんも俯《うつむ》いている。

「まさかあなた。昨日、麻莉が逃げ出すのに手を貸したなんて言わないわよね」

母の言葉に喜多さんがすくみ上がったのが見て取れた。私はすかさず口を挟む。

「違う！　私は昨日ひとりでそこの窓から逃げ出したの！　誰の力も借りてない！」

それだけはハッキリしておかないと、喜多さんの立場が危うくなってしまう。

「でも麻莉の肩を持ったじゃない。そう思われても無理ないでしょ？」

「私は……」

喜多さんが苦しそうに顔を歪めている。

「関係ないというのなら、あなたの責任で今すぐ麻莉を着替えさせてちょうだい」

「お母さん！」

横暴な物言いにたまらずふたりの間に割って入ったけれど、母の瞳は揺らぐことなく喜多さんだけを捉え続けていた。

「私の命令が聞けないなら、辞めてもらってけっこうよ」

最後通告のような言葉が胸に突き刺さる。顔色を失っている喜多さんを見て、感情の糸がふつりと切れた。

「着替えますから！　それで文句はないわよね‼」

ほんの一瞬我を忘れた。私は声を荒らげて、そう宣言する。

「服ぐらい自分で着替えられます！　お願いだから、関係ない人は今すぐ部屋から出ていって！」

わめきながら要求すると、いつの間にか室内に入ってきていたらしい家政婦たちに外へ出るよう母が目配せした。

「先方をお待たせするわけにはいかないの。早くしてちょうだいね」

やっと一段落がついたとばかりにあっさりそう告げてから、母は私に背を向けた。

「……麻莉お嬢様」

苦しそうに喜多さんが私の腕に触れてきた。私は黙って微笑み返す。

喜多さんの視線がそっと降下し、わずかに目を見開いてみせた。

「お嬢様……もしかして……昨日は誰かと一緒だったのですか？」

まさかの質問に私も目を大きくする。

「……そ、そうだけど」

「首元に……」

喜多さんが私に一歩近づき、私の首の辺りを見つめながら己の首を指さした。

「え？」

なにが言いたいのかすぐには分からなかった。しかし昨晩を思い出して〝まさか〟という予感に慌てて鏡と向き合う。

自分の首にある赤いしるしを見つけて、頬が熱くなる。

首元にあるのはキスマーク。昨日、倉渕くんが私につけたものだ。

恥ずかしさと焦りで軽くパニックになる最中、まだ室内に留まっていた母と鏡越しに目が合ってしまい余計に気が動転する。

「……麻莉」

名を呼ばれ、私は咄嗟にキスマークを手の平で覆う。

「まったく見苦しいわね。化粧でしっかり隠して」

忌々しげに息を吐きつつ、母は自分の近くに控えていた斉木さんにそう命令した。

もちろん彼女は素直に「はい」と頷《うなず》き、こちらに向かってくる。

改めて部屋から出ていこうとする母を大声で呼び止めておいて、私は気だるげに振り返った母から慌てて視線を逸らした。

「待って！」

「……実は私、好きな人がいます」

倉渕くんを利用すべきではないと考えていたのに……咄嗟に言葉にしていた。

「お付き合いしてる男性がいます。いずれ彼と結婚したいと思っています」

昨日耳にした言葉を機械じみた口調でぽつぽつと口にする。

「だから榊さんとは無理だと言っているんです」

私が突きつけた事実を母はどう受け取るのか、怖くて顔が見られない。

「あなたに恋人？　いったいどこの誰かしら？」

悪意を含んだ質問に口元が引きつった。

「どうせたいした男ではないでしょ？　榊さんと比べるのも申し訳なくなるくらいの。くだらない」

反論できないのは悔しいけど、かといってここで倉渕くんの名前を出すわけにもいかない。黙ったままでいると、母が小バカにしたように笑った。続けて「早くして」と手で払うような仕草をする。

それが合図になったかのように、斉木さんが私の目の前に立った。

「急ぎます」

嫌だけど、喜多さんのこともあるし今は受け入れるしかない。私は瞳を伏せ小さく頷き返してから、これからどう戦うかを必死に考え始めた。

用意されたワンピースに着替えて喜多さんにメイクをしてもらい、斉木さんに乱暴な手つきで髪を結い上げられたあと、一階に連行される。

玄関先には既に父と母、そして妹までもそろっていた。

「お姉ちゃん可愛いー！」

私に気づいた妹が明るい声をあげた。

褒められてもそれを素直に受け取ることができず、私は苦笑いを浮かべるだけに留めた。

「私もお姉ちゃんみたいな上品なワンピース着たかった！　私、すごい地味。負けてる」

私のワンピースと自分が着ている紺色のそれを見比べながら、妹は納得できない様子でふて腐れた顔をする。

付き添いとして行くのだから、普通に考えればお見合いする当人よりも目立ちたいなどという言葉は出てこないと思う。

けれど妹は違う。なにかと昔から私と張り合おうとするところがあるのだ。しかも優位に立っていなくちゃ気がすまないから始末に悪い。

「あなたはそれでいいのよ」

母が微笑みながら、優しくそう言った。

「お車の準備が整いました」

さっと脇に控え報告してきた家政婦に、父がしかめっ面で頷き返した。

「待ちくたびれたわ。早く行きましょう」

母が独り言のように呟き、妹を伴って歩きだす。

行きたくない。

憂鬱な気持ちが足を重くする。なかなか前に進めずにいると、私を振り返り見た母が喜多さんへと視線を移動させた。

「車まで麻莉を連れてきてちょうだい」

反論は認めないという迫力をまとった母の言い方に、私の斜め後ろに立っていた喜多さんがわずかにその身をすくめ顔色を悪くさせた。

「……かしこまりました」

苦悩をにじませ返事をしてから、喜多さんが私の横に並んだ。私を見る苦しげで悲しそうな瞳に胸がキュッと切なくなる。

喜多さんの立場ではそうとしか言えない。逆らえば職を失うかもしれないのだから。

母は甘くない。分かっているからこそ、今は素直に従うしかない。

喜多さんが言葉を発するより前に、私はふたりの後に続いて歩きだした。

「……麻莉」

玄関で靴を履いていると父が私に声をかけてきた。

「……なに？」

今さら私になんの話が？

突然話しかけられて何事かと驚き、身構えながらもちくりと刺すように問いかける。

すると父は、ドアのほうにうかがうような顔を向けた。どうやら一足先に外へ出ていった母と妹が戻ってこないかどうか気がかりらしい。コホンと小さく咳払いをしてから私に問いかけてきた。

「聞いたぞ。お前恋人がいるらしいな」

質問内容にドキリとしつつも、私は平静を装いながら自分の思いを訴えかけた。

「……そうです。結婚も考えているくらいその人のことが好きなんです。だから見合いなんてしたくない」

そのような相手がいるなら見合いをさせても無意味だと理解してくれるかもしれない。

そんな期待を込めて父をじっと見つめたけど……やっぱり思いは届かなかった。

「大丈夫だ。榊くんは立派な男だ。たとえ今、麻莉の気持ちが違うところを向いていたとしても、彼は長い目で見守ろうとするだろう。未来の麻莉を幸せにしようと懸命になってくれるはずだ。どこの馬の骨とも知れない男なんかより、榊くんにすべてを預けたほうが麻莉は幸せになれる。父さんはそう思うぞ」

すべてを裏切られたような気持ちになり、目の前が真っ暗になった。

「……お父さんは、私が見合いをする榊さん本人と親しい仲なの？」

込み上げてくる怒りや父に対する失望をなんとかのみ込みながら、やっとの思いでそれだけ確認する。

「親しいというほどでは……だが典英くんとは何度も顔を合わせているし、なにより彼の父親は素晴らしい。アイツの息子なんだ。間違いはない」

父の返答を聞き、話にならないと思った。

先の発言がその人となりを知っているからこそ出たならまだよかった。しかしそうでないなら話は違う。父親がいくら立派でも本人がそうとは限らないのだから、今のは父にとって都合のいい言葉を並べただけにしか聞こえない。

「このような一方的なやり方で麻莉お嬢様が榊さまと結婚し、幸せになれると……旦那様は本気で考えていらっしゃるのですか？」

疑問を覚えたのは私だけではなかったらしい。喜多さんが厳しい表情で声を震わせながら父に問いかけた。

「なにが言いたい」

父が眉間のしわを深くする。途端、喜多さんは悲しそうに視線を下げた。

「……いえ。なにも……私はただ……奥様を思い出しただけです」

唇を真一文字に結んでいる喜多さん。表情から決死の覚悟が伝わり、切なさで胸がキュッと苦しくなる。一方、父は心なしかうろたえているようだった。

『奥様』と聞き、既に妹と車に乗り込んでいるかもしれない母の顔を思い浮かべたけれど、ふたりを見ていたらそれは間違っていると感じた。

遠い昔に亡くなった私の実母を指していたのではないだろうか。

本当のところを知りたいと口を開きかけた時、「意味が分からない」と父が低い声を響かせた。

「早くしろ」

父は蔑むように鼻を鳴らしたあと、乱暴にドアを開け放った。

「失礼しました」

足取り荒く家から出ていく後ろ姿に、喜多さんが深く頭を下げる。

顔を上げればいつものように笑いかけてきたけれど、その表情はどことなくぎこちなく、私は言葉の真意を尋ねるのをやめる。

「……行きましょう！」

ドアをぐっと押し開けて、私もできるだけ明るく話しかけた。

「はい。麻莉お嬢様」

消え入りそうな喜多さんの声を背中で受けながら、薄暗い玄関からまばゆい日差しの中へ出た。

石畳を進み門をくぐり抜けた先に、西沖家の車が二台連なって停まっている。ちょうど前の車へ乗り込もうとしている父の近くに母と妹が立っていた。

「麻莉、あなたはお父さんと一緒に乗りなさい」

父と一緒も憂鬱ではあるけれど、母や妹と同車するよりはいい。素直に頷き返すと母が私の隣にいる喜多さんをじろりと見た。

「あなたも一緒に来なさい」

「……私も、ですか」

「ええ。今日一日、麻莉のお世話を頼むわね」

言いながら母はニヤリと笑ってみせた。

心に苦さが広がっていく。

会場に着いたらまた私が駄々をこね始めると母は考えたのだろう。実際その通りで、私は今日一日『嫌だ』と言い続けるつもりだ。しかしまた喜多さんの退職をちらつかされれば……黙るしかなくなる。

やられたと奥歯を噛みしめていると、喜多さんが小さく「かしこまりました」と呟き私に身体を向けた。

「お嬢様。私はいつまでもどこまでもあなたの味方ですよ」

私だけにしか聞こえないくらいの小さな声で囁きかけてくる。

ほんの一瞬、呼吸を忘れた。私を見る喜多さんの瞳が覚悟に満ちたものだったからだ。

後部座席の窓からそびえ立つ高層ビルを見上げて、私はこっそりため息をついた。

これから、このビルの最上部三十八階にある懐石料理店の個室で榊さんと会う予定になっている。

さっきから必死にこの危機をどんな方法で脱しようと頭をひねっているけれど、いい考えはまったくひらめかない。

こんな時倉渕くんがいてくれたら、私にどんな言葉をかけてくれただろうか。

彼を思い浮かべ……私はハッと我に返った。大きく首を横に振る。

頼らないと決めたはずなのに、弱気になるとどうしても考えてしまう。

今頃どうしているだろうか。もう家に帰り、休日の今日をどう過ごすかでも考えているだろうか。綺麗な女性と会う約束でもして、私のことはもう気にかけてすらいないかもしれない。

彼の元から逃げ出したのは自分だというのに、想像すると寂しくなっていく。

しかしそう考える傍らで、想像のすべてを否定する自分もいた。彼ならきっと今この瞬間も私を心配してくれているんじゃないかと。

斉木さんに預けた自分のバッグはまだ手元に戻ってきていないから今すぐというわけにはいかないけど、倉渕くんとは近いうちにきちんと話がしたい。できれば電話ではなく直接会って彼の顔を見て伝えたい。『ごめんね』と『ありがとう』を。

「麻莉、降りなさい」

開いたドアから車内をのぞき込むような格好の父に声をかけられ、私は焦り気味に車外へと目を向ける。

車はエントランス前に停まっていて、助手席に座っていたはずの喜多さんもいつの間にか父の後ろに控えるように立っていた。

「……はい」

車から降り、改めてビルを見上げた。深く息を吐きつつ、辺りを見回す。

今すぐここから走り去りたい。逃げ出したい。

つい逃げ隠れできそうな場所を探すけれどバッグを返してもらっていないため、逃亡が成功したところで昨日の二の舞になるのは目に見えている。

わずかに肩を落とした時、一台の赤いコンパクトカーがゆっくりとした速度で近づいてきた。過ぎゆきざま速度を落としたので思わず私は注視する。

左ハンドルのその車に乗っていたのは綺麗な若い女性だった。しかもなぜか彼女は様子をうかがうようにこちらを見ていて、目が合った瞬間、私を指さしてニコリと笑いかけてきた。

見つけたとでも言わんばかりの表情に、私は瞬きを繰り返す。彼女の顔に見覚えはなかった。

「麻莉！　なにをしているんだ。早く来なさい」

父に再び注意され、私も「はい」と繰り返した。

喜多さんと共に入口へ進みながら、走り去っていく赤い車を何度も振り返る。彼女の顔は見覚えがないはずなのに、妙に気になって仕方がなかった。

さっきの反応だけみると、彼女は私を知っているみたいだった。もしかしたらどこかで会っているのかも。

考えを改めて、先ほど見た彼女の顔を思い浮かべた。

表情豊かではあったけれど、例えるならユリの花のような品のある綺麗な人だった。ここ最近出会ったというならば覚えていてもいいはずだけど……心当たりはない。だとしたら、学生の頃の話かもしれない。大学？　それとも高校？　……後輩？

記憶の糸がつながりそうな気配に息を詰めた瞬間、「熱っ！」と男性の声が響き渡った。

「熱いじゃねぇか！　ふざけんな！」

商業ビル内に入りコーヒーショップ前に差しかかると、たくさんの人が行き交う通路上で声を荒らげるがたいの大きな男性がいた。彼の目の前には、「すみません」と謝っている線の細い男性がいた。どちらもスーツ姿だ。

スリムな男性は目の前の店のロゴが入ったカップを持っている。どうやらぶつかった拍子に中身が身体の大きな男性にかかってしまったようだ。

「てめぇ、どうしてくれるんだ！　やけどしたうえに袖にもしみができたじゃねーか！　困るんだよ！」

「申し訳ございません。飲みにくさから蓋を外したのが間違いでした。服のほうは弁償させていただきます」

「当たり前だバカやろう！　それに弁償だけじゃねぇ、治療費も必要だろうが！」

大男は怒鳴り散らしている。

周りに居合わせた人たちは驚きと怯えの混ざったような顔をしているというのに、怒りを向けられているスリムな男性は表情を崩さなかった。怒りが伝わっていないかのように真顔のままだ。

「ひとまず私の名刺を……おや。名刺入れが……」

スリムな男性は胸ポケットの辺りをまさぐりながら、ちょっぴり小首をかしげてみせた。

「おかしいな。確かここに入れたはずなのですが……ありませんね」

「おい！　てめぇ！」

「どこにしまったか思い出しますので、少々お待ちください」

冷静なままの男性と怒りを増幅させていく男性。どんどん対照的になっていくふたりの元にひとりの女性……なぜか母が歩み寄る。

「榊さん。なにをなさっているんですか？」

「あっ……西沖さん」

母に話しかけられ、大男は肩をすくめて振り返った。まず母と母の後ろにいる妹を見て、それから気まずそうな顔を父に向ける。

最後に私と目が合った。彼は「あっ」と声を発し、姿勢を正す。

彼が榊典英さんらしい。写真の彼は嘘《うそ》くささを感じる好青年といった印象だったけれど、こうして荒々しく暴言を吐いている姿を見たあとではただの粗野な男にしか思えない。

「すみません。これから大事な顔合わせだというのに」

榊さんは「困ったな」と袖の辺りを気にする素振りを見せた。

スーツの色が黒に近い灰色のせいもあるだろうけど、遠目からではどこにコーヒーがかかっているのかよく分からなかった。

　母もさらに榊さんへと歩み寄り彼の袖をじっと凝視するが、被害の痕跡を見つけられないらしく黙ったままだ。

　もしかしたらコーヒーが数滴かかっただけかもしれない。しかしそれでもスーツはオーダーメイドだろうし相手は粗野だしで、弁償は高くつくだろう。

　不意に、この場の緊張感を打ち崩すようにふうっと満足げな息が漏れた。見れば、スリムな男性は自分がしでかした事態に顔色を悪くさせるどころか、手にしていたコーヒーを飲み、リラックスした様子でホッとひと息ついていた。

　大物なのか、それともいろいろ鈍いだけなのか。

「おい！」

「あぁ。失礼しました。熱いほうが好きなのですが、すっかり冷めきって……。まぁ、それも美味しいので構わないのですが」

「ふざけてんのか！」

　榊さんが再び声を荒らげれば、スリムな男性が不敵に笑った。

「いえ。ふざけてなどいませんが……しかしおかしいですね。こんなに冷めているのならやけどなどするはずありませんし。そもそもコーヒーは本当にかかりましたか？

確か袖にしみができている、でしたよね。確認させていただいてもよろしいでしょうか？」

一瞬で立場が逆転した。丁寧な口調で鋭く相手を追及し始めた男性から余裕が伝わってくる。

鈍いのではなく大物だった。もしかしたら榊さんはとんでもない人に喧嘩を吹っかけたのかもしれない。

男性の要求に榊さんはふて腐れた顔をした。素直に応じるつもりはないようだ。

「おや？　見せていただけないのですか。やっぱりおかしいですね。ふざけたことを言ってるのはどちらでしょう」

男性が口元に薄く笑みをたたえる。それは困っているようにも見下しているようにも見える笑い方だった。

榊さんもそう感じたのだろう。頬を赤くさせ、男性の胸元を掴みにかかった。

「てめぇ。よくそんなことが──」

「榊くん！　もうそのくらいにしておきなさい」

今度は父がたしなめるように彼の名を呼び制止した。

怒りをうまく処理しきれないかのように榊さんは男性をにらみつけつつ、胸元を掴み上げていた手を荒々しく離した。

「もういい。見逃してやるから今すぐ俺の前から消えろ」

捨て台詞のような言葉を投げつけられても、男性に引き下がる気はないようだった。乱れた襟元を正したあと不機嫌な顔で榊さんをにらみ続ける彼の顔を見つめて数秒後、私は驚いて声をあげた。

「……あっ……あなた！」

私は彼を知っている。

叫んだからか、すぐにみんなの視線が集まってくる。けれど誰とも目を合わせたくなくて、慌てて視線を自分の足元へ落とした。

「知り合いなの？」

「いえ。ごめんなさい。違います。似てると思ったけど私の勘違いです」

顔を上げずに、聞こえた母の声にすぐさま返事をした。

いや、本当は勘違いじゃない。なんで今の今まで気づかなかったのかと不思議に思うくらい、私はその不機嫌な顔をよく目にしている。

彼は倉渕くんの秘書だ。なぜ彼がここにいるのかという疑問が湧き上がる一方、もしかして倉渕くんも近くにいるのではないだろうかと一気に胸が高鳴りだす。

しかし辺りに目を向け、今日は休日だったと思い出す。

倉渕物産が休みなら、秘書業だってお休みのはずだ。彼はプライベートでたまたまここに遊びに来て、たまたま榊さんに絡まれただけなのだ。倉渕くんは関係ない。なにを期待しているのだろうと、自分の浅はかさに気落ちする。

視線を感じて顔を上げると、秘書の男性としっかり目が合った。いつも通りの不機嫌な顔で見つめられてどう反応したらいいのか分からず戸惑っていると、突然彼が口元に笑みを浮かべた。そのまま私の前まで歩いてくる。

「麻莉さんとおっしゃいましたね。私たちが会っていないと断定するのはまだ早いかもしれませんよ。少し会話を楽しめば、既にどこかで出会っていたと気がつくかもしれません。お話ししてみませんか？」

秘書の男性は私に興味を持ったような顔をして、ナンパのような文言をさらりと口にしてきた。わざとらしい微笑みを向けられ気づいたのは、彼は私が倉渕くんの友人の西沖麻莉だと知ったうえで演技をしているということ。

しかし彼の人となりが分からないため、なにを考えているのか判断に難しい。困惑したまま見つめ返していると、私の視界を遮るように榊さんが割って入ってきた。

「麻莉さん、こんなやつ放っておいて行きましょう」

言い終わるよりも前に榊さんが私の手を力強く取り、強引に歩きだした。

「手が痛いです。放してください！」

痛みだけでない。湿り気を帯びた手で触れられ背筋が寒くなる。抱いた嫌悪感そのままに私も乱暴に彼の手を振り払おうとしたけどダメだった。逆に榊さんの手の力が強さを増していく。

「待ってください。話はまだ終わっていません」

足早に追いかけてきた秘書の男性が横に並んだ瞬間、榊さんが私の手を離した。そして代わりに、再び秘書の男性の胸倉を掴み上げた。

「見逃してやると言っただろ！　失《う》せろ！」

怒鳴りつけたあと、男性の身体を後ろに突き飛ばす。

足元をぐらつかせたあと、秘書の男性が尻餅をついた。しかも手に持っていたカップの中にはまだコーヒーが残っていたようで、それが彼の手元にかかっている。

「大丈夫……きゃっ！」

秘書の男性へ歩み寄ろうとしたけれど、それよりも早く榊さんの手に囚われる。そして先ほどと同じように彼は私を引っ張り歩きだす。

「放してください！」

父も母も妹も、秘書の男性を気にかける様子はない。みんな足早にこの場を立ち去ろうとしている。

しかし喜多さんだけは違った。心配そうに秘書の男性に話しかけ、手を差し伸べている。

「榊さん！　手を放して！」

強く言い放ち、やっと彼の歩みを止めることができた。

肩越しに振り返った彼と目が合い、ぞくりと背筋が寒くなる。ほんの一瞬、凶暴さを感じるような瞳で私をにらみつけてきたからだ。

怖い。そう思ったけれど、それに屈したくないという気持ちも強くなっていく。ほんの少し声を震わせながら、私は彼に話しかける。

「手が痛いの」

「あぁ。すみません。つい力が」

おどけたような表情をしながら、榊さんが私の手を離した。そして煌《きら》びやかな腕時計で時刻を確認する。

「麻莉さん、予約の時間になりましたよ。さぁ早く行きましょう」

私は痛む手首をさすりながら二歩ほど後退する。

「その前に……私、榊さんに言っておきたいことがあります」

覚悟を決めて話を切り出すと、母が「麻莉！」と声を荒らげた。

「余計な話をしている暇などありません。行きますよ」

注意を受けたけれど、私にとっては余計な話ではない。大事なことだ。

榊さんは短気でプライドも高そうだから、私に好きな人がいたり乗り気でないことを知れば、頭にきて先ほどのように癇癪《かんしゃく》を起こして破談にすると言い出すかもしれない。そうなれば願ったりかなったりだ。

「榊さん――」

「喜多！　なにをしているの！　早く来なさい！」

私の言葉は母に遮られてしまった。

「あなたは今日一日、麻莉のお世話をしなくてはいけないのだから。麻莉のそばにいなくちゃ。ねぇそうでしょ？」

喜多さんに呼びかけてから母は私に視線を戻し、白々しく笑いかけてきた。

どうやったら喜多さんに迷惑をかけずにこの場を乗り切れるだろうか。

母からの圧力に唇を噛んだ瞬間、「麻莉お嬢様！」と喜多さんが私を呼んだ。

「私は既に覚悟を決めております。ですから、私など気にせずにお嬢様の望むようにしてください」

真剣な眼差しを私に向けながら、力強くそう言った。

「……喜多さん」

「私はこれ以上、あなたの枷《かせ》にはなりません」

言葉通り、喜多さんの覚悟が伝わってくる。

感謝の気持ちで胸を震わせながら、私は頷き返した。改めて榊さんと向き合う。

「榊さん。私には大切な人がいます」

言葉にしてみると、自然と倉渕くんの顔が頭に浮かんできた。ほんのりと胸が温かくなるのを感じながら続ける。

「お付き合いしている人がいるんです。いずれは彼と結婚したいと思っています。だからあなたとは結婚できません」

はっきりそう告げた瞬間、榊さんが息をのんだ。しかしすぐに表情を崩し、肩を揺らし笑い始める。

「おい、麻莉。我がまま言うなよ。俺たちの結婚は俺たちだけが幸せになるためにするものじゃないんだぜ？　分かってんだろ？」

砕けた口調に彼の持つ傲慢さを垣間見た気がして、不愉快さに眉根を寄せた。

「そう言われても……」

私にはまだ、この結婚話の裏側にどんな話が潜んでいるのか見えてこない。けれど話が決まれば、今まで以上に西沖グループと榊商会の二社の結びつきが強くなるのはハッキリしている。互いの利益にもつながっていくのならば、その結婚は会社や従業員にとって喜ばしい話だ。

けれどこれは私の結婚でもある。彼を好きにはなれない。既に嫌悪感を抱いているこの状態で先へ進んでも幸せな未来など得られるわけがない。

一緒にいると自然と笑顔になれる。私はそんな男性と温かな家庭を築きたい。時には喧嘩をしても、そのたび彼は自分にとって大切な人だと気づかされるような、そんな人と結婚したい。

大切な人。咄嗟に思い浮かべたのは倉渕くんだった。

とくりと鼓動が高鳴る。

「私は彼が好きなんです。彼じゃないとダメなんです。ごめんなさい」

倉渕くんに……遼に会いたい。自分でも驚くほど強くそう望んだ。涙まで込み上げてくる。

「どんな男と付き合ってるのか知らねぇけど、冷静になってよく考えてみろよ。この俺とソイツ、どっちが得かを。贅沢《ぜいたく》させてやるから俺のとこに来い。ちゃんと幸せにしてやるから。な?」

榊さんが私の肩に手を乗せ、言い聞かせるように顔をのぞき込んでくる。

首を横に振り身をよじった時、横から伸びてきた手が榊さんの腕を捕らえた。

「いや。あなたでは麻莉を幸せにできない」

聞こえた声にハッとする。

「彼女を幸せにできるのは、この世で俺だけだから。誰にも渡さない」

涙でにじんだ視界の中に彼がいた。置き去りにするような形で逃げ出したというのに、私のところに来てくれた。

「……遼っ!」

遼が目の前にいる。私の肩から榊さんの手を引き離したあと、頼もしい腕の中へと彼が私を引き寄せる。

「まったくお前は」

ほんの少しの間私を強く抱きしめたあと、彼は腕の力を弱めてため息混じりに囁きかけてきた。

「ひとりで抱えこもうとするなよ」

「……ごめんなさい」

彼の胸元に顔を埋《うず》めながら私も言葉を返す。優しく撫《な》でる手も伝わってくる体温も、どうしようもなく心地よい。

「もう大丈夫だから」

じわりと胸が温かくなる。大丈夫、その言葉がこんなにも欲しかったのだと気づかされる。彼の存在を心から愛しいと思った。

「麻莉、その男から離れろ！」

榊さんの荒々しい声に思わず身体を強張らせると、遼が私を抱きしめ直した。

「無理だよ。俺が麻莉を離さない」

遼がきっぱりと言い放つ。

狙い澄ますような遼の鋭い眼差しや凛《りん》とした言葉の力強さに、榊さんは明らかに怖気づいていた。言いよどんだ彼の代わりに、母に歩み寄った妹の美紀がテンション高めに話しだす。

「嘘っ！　遼先輩だよね!?　本物だよね!?」

「遼先輩？　彼を知ってるの？」

瞳を輝かせた美紀の様子に、母が驚きを混じらせ問いかけた。

「知ってるに決まってるじゃん……あの遼先輩がお姉ちゃんと⁉　信じられない！」

三学年下ではあるが私と同じ一貫校に美紀も通っていたため、頭脳明晰のうえ容姿端麗で名を轟《とどろ》かせていた遼のことはもちろん知っている。

母は遼に興味を持ったらしく探るような視線を何度も遼に向ける。

そんな母と妹に呆れ顔をしながらも、父が遼に対し咎《とが》めるように言った。

「どこの誰だか知らんが、突然現れて無礼だぞ。うちの娘を離しなさい！」

遼は私から腕を解くと、そのまま私の横に並び立った。そして、待ってましたとばかりに得意げな顔をする。

「自己紹介が遅れました。倉渕遼と申します。麻莉さんとは結婚を前提のお付き合いをさせていただいております」

「はっ。倉渕？」

遼の名を聞いて榊さんがあざ笑う一方、父は顔色を失っていく。

「……倉渕」

明らかに動揺している。誰かの面影を探すかのように遼の顔をじっと見つめてから、コイツはいったい誰なんだと震える瞳で私を見た。

「あぁそういえば以前、西沖さんとは学生の頃からの知り合いだと父に聞いたことがありますか……覚えていらっしゃいますか？　倉渕吉博《よしひろ》を」

とどめを刺すように遼が父親の名前を口にし、自分の素性を明かした。

効果はてきめんだった。父の表情がどんどん歪んでいく。そして母もまたその言葉で彼が誰なのかを理解し、目を大きくさせた。

「それじゃあ、あなたは倉渕物産の……」

「……えっ。倉渕物産？」

社名と苗字が一致した瞬間、榊さんは薄ら笑いを引っ込めた。

空気を一変させるように広がった動揺に、私は改めて倉渕物産という名が持つ力の巨大さと、その跡取りという立場にいる遼の存在の重みを実感する。

こんなくだらないもめごとに巻き込んではいけない人。そう頭では分かっているのに……。

「本当に倉渕の息子なのか？　倉渕の息子と麻莉が……」

私は隣に立つ遼の手をキュッと握りしめ、父の問いかけに頷き返した。

「遼が好き。私はこれからもずっと、彼と一緒にいたい」

それは本心だった。だからこそ声がひどく震えた。

追い抜かなくちゃいけない存在として彼の優秀さを目の当たりにし続けてきたから

こそ、彼は私には手の届かない人という認識を心の奥でずっと抱いていた。

だから私が彼に恋なんてするわけない、彼も私を好きになるはずがないと。

けれど彼の優しさやぬくもりを知り、自分の気持ちを自覚した時には既に、簡単に引き返すことができないほど思いは大きくなっていた。

「……麻莉」

遼が私の名を呼んだ。驚きに満ちた顔で私を見つめている。

ふりだと分かっているのに、恋人として遼に大切にされているこの瞬間がたまらなく嬉《うれ》しい。そう白状したら、遼は『本気になるなよ、バカなヤツだな』って困った顔をするだろうか。

切なさで胸が張りつめ涙を浮かべた私に彼が苦笑いする。

想像した通りの顔をされ膨れっ面になった私の頬を彼の両手が優しく包み、口元に温かな微笑みを浮かべて顔をのぞき込んでくる。

「ありがと。すごく嬉しい。俺も麻莉が好き。だからずっと一緒にいよう」

「……遼」

涙がこぼれ落ちていく。泣きながら嬉しくて笑えば、遼がそっと額をくっつけてきた。

「なんでよりによって倉渕のせがれと……お前たちの交際、ましてや結婚など認められるわけがない」

唸《うな》るように吐き出された父の宣言にハッとさせられる。

「麻莉は榊くんが幸せにすると言ってくれている。倉渕の出る幕はない。お引き取り願おうか！」

厳しく発せられた言葉に遼の目元が険しくなる。

「嫌です。引きません」

ハッキリと返され、父も口元を引きつらせた。苛立ちを露わにしていく。

「引けって言われてんだろ！　目障りなんだよ！」

榊さんもまた、遼に怒りをぶつける。言葉と同じ乱暴さで遼の胸元を掴み上げた。

すかさず父も母に命令する。

「おい！　麻莉を連れてこい！」

「分かりました」

母がこちらに向かってくる。

動揺し動けずにいる私に、遼は自分の状態を気にする様子もないままなにか話しかけようとする。

「麻莉……っ」

しかし彼の言葉は続かない。榊さんが遼の胸元をきつく締め上げたのだ。

「ここまでだ。これ以上しゃしゃり出てくるようなら容赦しないぞ」

しかし遼が苦しそうに顔を歪めたのはほんの一瞬だった。すぐに自分の胸倉を掴む相手へ挑戦的な眼差しを向ける。

「なんて言われようと考えは変えない。麻莉は俺が連れて帰る」

遼の圧力に押されて、今度は榊さんが表情を強張らせる番となる。

「お前……本当に目障りなんだよ」

五センチほど遼のほうが榊さんより背が高い。そのため、怒り心頭で唇を震わせている榊さんを上から見下ろす形で遼が口を開いた。

「俺もお前が嫌いだ」

おまけに小バカにするような笑みまで浮かべている。

憤慨し、榊さんの顔がみるみる赤くなっていく。左手で遼の胸元を掴んだまま、握りしめた右手の拳を大きく振り上げた。

「遼！」

殴られる。たまらず彼の名を叫んだ瞬間、誰かが榊さんの腕を横から掴んだ。

「それはさすがにやりすぎでは？」

榊さんの拳は遼の鼻先で停止している。

完全に榊さんの力を押さえ込んでいるのは、遼の秘書のあの男性だった。

彼は冷めた目で榊さんを見据え、榊さんは怒りに満ちた目を遼に向け、遼もその状態に少しも動じることなく榊さんをにらみ返している。

なにかを感じたように遼が私を見た。同時に、遼たち三人が放っている緊迫感にハラハラしていた私の隣で、うんざりとしたため息が吐き出された。気を取られている間に母が私のすぐそばまで来ていたのだ。

「その通りですね。公衆の面前で暴力はいけないわ。あなたはこれから西沖と縁を結ぶつもりでいるのでしょう？　恥じぬ行動を」

苛立ちを見え隠れさせながらの母の忠告に、榊さんがぐっとくぐもった声をあげた。

その瞬間、榊さんにできた隙を遼は見逃さなかった。自分の秘書へ目で合図を送り、秘書の男性も心得ているようにすぐに行動を起こした。

秘書の男性に右手首を捻り上げられ、榊さんはたまらず痛みを訴え始める。そして力の弱まった榊さんの左手を遼は自分の胸元から払いのけた。

完全に遼が自由になってしまったことに母も危機感を覚えたのだろう。私を掴もうと慌てて手を伸ばしてきた。

「行きますよ！」

足をもたつかせながらもなんとか身体を後退させ、私は母の手を逃れる。

「私は遼と一緒に行きます！」

「麻莉！　あなたは典英さんと結婚する身。彼とは元々ご縁がなかったのです。諦めなさい！」

私に詰め寄る母を邪魔するように、遼が間に入ってきた。

「麻莉を失いたくない。俺はその一心でここに来ました。自分を突き動かすほどの彼女への強い思いがこの胸の中に確かにあります。ご縁がないなんていう言葉で片付けられたくありません」

彼の言葉にトクリと胸が高鳴った。私はそっと手を伸ばし、遼の背中に触れる。伝わってきた温かさに瞳を閉じた。

ずっと見てきた遼の背中。追いつくことも触れることも叶わないと思っていた。振り返った彼が私に手を差し伸べる。その手に自分の手を重ね置けば、互いの顔に微笑みが生まれた。

遼はキュッと私の手を握りしめてから私の母、そして父へと視線を移動させる。

「榊さんと見合いなどさせません。麻莉は連れていきます……行こう」

遼と共に私も歩きだす。

「待ちなさい！」

「おいっ！　ふざけんな！」

父と、秘書の男性に捕まっている榊さんから続けて声があがった。

もちろん私たちの足は止まらない。

「麻莉！」

追いかけてきたのは母だけだったけれど、それにもすぐに制止が入った。喜多さんだった。

「喜多さん！」

思わず足を止めそうになって、遼に肩を抱き寄せられた。

「麻莉、止まるな」

「……でも」

「止まれば、彼女の覚悟が無駄になる。俺たちは前に進み続けるべきだ」

確かにそうだけれど、喜多さんを巻き込んでおいてこの場にひとり置いていくのはやっぱり心苦しい。

不安に瞳を揺らすと、「麻莉」と遼が優しく私の名を呼んだ。

「大丈夫。俺がいる」

そう言って彼は余裕たっぷりの笑みを浮かべた。

「ちょっとあなた！　こんなことして、どうなるか分かってるの⁉」

「ええ、分かっておりますとも。とっくに心は決まっております。ご縁がないなんてよく言えますね！　私は今、運命というものを目の当たりにした気持ちでいますよ」

聞こえてくる母と喜多さんのやりとりに唇を噛みしめていると、遼が私に耳打ちした。

「安心しろ。俺の秘書を残してく。彼は優秀だから、なんとかするだろう」

振り返ったら気持ちが揺らいでしまいそう。だから私は遼だけを見つめて返事をした。

「……うん、分かった。遼を信じる」

肩から離れた彼の手が再び私の手を掴み取る。笑みを交わしてつないだ手に力を込めて私たちは一緒に走りだした。

ビルの外に出てからいったん足を止め、遼が辺りを見回した。

「……ったく。どこにいる」

呟いたあと彼はすぐに私を連れて歩きだす。内ポケットからスマホを取り出し片手で操作しつつも、やはり周りを気にしている。

そんな彼を見つめながら、私はポツリと問いかけた。

「……遼。もしかしてずっと私のこと捜してくれていたの？」

彼が今着ているスーツは今朝私が逃げ出した時に見たのと一緒だ。あれから一度も自宅に帰らず、私の行方を捜してくれていたのかもしれない。

「当たり前。見つかって連れ戻される前に俺が麻莉のいる場所を突き止めなくちゃって……念のため西沖の家を見張らせたら、お前が車に乗せられたって連絡入るし。あんなに焦ったのは人生初」

「えっ？　誰かに見張らせてたの？」

焦っていた割には冷静に手を回してくるあたりさすがである。どうしたらいいか分からないまま状況に押し流されていた私とは大違いだ。

スマホを耳に押し当てなにかを捜すように周囲に視線を走らせていた遼が、ふっと笑みを浮かべた。

「うん。あれにね」

目の前で停まった赤いコンパクトカーには見覚えがあった。驚きを隠せずにいる私をちらりと見てから、遼は迷いなく後部座席のドアを開ける。

「乗って」

「……う、うん」

言われるがまま乗り込むと、すぐに運転席に座っている女性がこちらに顔を向けた。

「西沖さん、大丈夫ですか？」

「は、はい。大丈夫です」

「よかった！」

この赤い車も運転席から笑いかけてきた女性も先ほど見かけている。間違いない。そして思った通り、彼女は私を知っているみたいだけれど……やっぱり私には覚えがなかった。

「早く素直になりなよって言ったのに、聞く耳持とうとしないから」

「話は後だ。とりあえず車出せ」

私の隣に乗り込んできた遼へ、彼女はムッと顔をしかめた。

「お兄ちゃん！　協力してあげたのにその態度はないんじゃないの⁉」

「お兄ちゃんっ⁉」

飛び出した言葉に、つい過剰に反応してしまった。

「……あっ。そうでした。初めましてでしたよね。私、倉渕花澄《かすみ》です。倉渕遼の妹です」

四歳年下の妹がいるのは知っていた。美人だという噂《うわさ》も聞いている。けれど私は本人を見たことがなかった。

しかし言われてみれば納得だ。文句なしの美人だし、笑った顔もどことなく遼に似ている。

「あの。私、西沖麻莉といいます」

「知ってます、中学高校と私も同じところに通っていましたから。実はずっと西沖さんを観察してたんです。だから初めましてって感じが全然しません」

「か、観察？」

思いもよらぬ事実に唖然としていると、遼がゴホンと咳払いした。続けて前方を指さす。

早く車を出せとの催促を受け、花澄さんはしぶしぶといった様子でシフトレバーに手をかけた。

「これからどこに行けばいいの？」

「ねぇねぇ。お腹空かない？　なにか食べたいなぁ。もちろんお兄ちゃんのおごりで」

握りしめていたスマホを胸元にしまったあと、遼がこちらに顔を向ける。すっと右手を伸ばしてきた。

「麻莉。今日はなにか食べた？」

わずかに目を細めて、彼が私の頬に触れる。

手の平の温かさと耳たぶを掠める指先や自分を見つめる優しい眼差しに、自然と胸が高鳴っていく。

今日はまだなにも食べていない。ぼんやりする頭で記憶をたどりながらも、私は遼から視線を逸らせぬままにゆるく首を振った。

「ん。じゃあとりあえず、なにか食べるか。リクエストは？」

これといって食べたいものはない。遼の隣にいられるならそれで満足だ。

私はちらりと運転中の花澄さんを見た。

ここは私ではなく、協力してくれた花澄さんのリクエストに応えるべきではないだろうか。

「花澄さんのお気に入りのお店があるなら、そこで……」

「そうだな……」

「どこか適当なところで俺たちだけ降ろしてもらってもいいんだけど」

花澄さんは私の言葉に表情を輝かせ、遼の言葉でしかめっ面になる。

「私もお腹空いてるんですけど。私も麻莉さんとおしゃべりしたいんですけど。むしろここで、お兄ちゃんだけ車から降りてもらってもいいんですけど」

完全に声も顔もふて腐れている妹に対し、堪えきれなくなったように遼が笑った。

「冗談だよ。手を貸してくれたし、おごってやる。お前が好きな店に行ってよし……ただここから少し離れたい。近場じゃないところで頼む」

「わぁ。やったー！　麻莉さん、本当に私がお店決めちゃっていいの？」

「はい。お願いします」

「分かりました〜。嬉しいなぁ〜。どうしようかな〜。あの店もこの店も行きたい。迷っちゃう」

ご機嫌な花澄さんはさらに可愛らしい。眺めているだけで癒されてしまう。

「妹さん、可愛いね」

隣に座る遼へ身体を寄せ小声で感想を述べると、ため息が返ってきた。

「そうか？　……俺に言わせれば、鈍くさい」

「鈍くさい？」

「決めた！　お寿司にする！　お兄ちゃんが借りてるマンションの近くにあるお寿司屋さん！　……えーっと。ここからの道が分かりません。少々停車いたします」

路肩に停車させ花澄さんが車のナビを操作し始めると同時に、遼のスマホが鳴り始めた。

「大丈夫か？　――こっちは大丈夫。無事、花澄と合流できた」

相手は秘書の男性かもしれない。その予想をきっかけにして、喜多さんは大丈夫だろうかと不安が心を占めていく。

打って変わって緊張感を漂わせる遼に私は息をのむ。

「――分かった。了解。俺たちこれから寿司屋に連れてかれる――そう、花澄が気に入ってるあの店――ありがとう。そっちも済んだら合流して――待ってる。よろしく」

遼は通話を終えると、スマホの画面にふっと笑みを浮かべた。

「……遼」

思わず呼びかけると、彼がその微笑みを私にも向けてきた。

「喜多さんは今、俺の秘書と一緒にいる。もう少し行動を共にするらしい。大丈夫、あの場に残してなんかいないから」

いつものように自信たっぷりな笑みは、物事がうまく進んだ証しのように読み取れる。

「なにも心配しないで、麻莉は俺の隣にいればいい」

行く末への気がかりは残っているというのに、彼の言葉で簡単に肩の力が抜けていく。

遼が隣にいるだけで心強い。こんなにも安心する。

見つめ合い照れながらも彼に笑いかけた時、再び車が動きだした。

「分かった……この先、左折ね……えーっと、この先だから」

ナビの音声に花澄さんが返事をし、続けて悩ましげな声を発する。

遼は身を乗り出しながら、ナビ上に表示されている地図と前方に視線を行き来させた。

「……おい、花澄」

「なに？」

「通りすぎてる」

「えっ!?　さっきのところを左折だったの!?」

納得いかない様子だったが、ナビ上の現在地を示すカーソルが左折予定の場所を過ぎているのを二度見して、花澄さんは「あー」と唸り声をあげた。

「ホントだ。どうしよう通りすぎちゃってる……えっととりあえずここ曲がっとこうかな」

ビルとビルの間にある小道へと入るべく、花澄さんが左に車を寄せる。ウィンカーを出した瞬間、遼が再び「おい！」と声をあげた。

「お前どこ曲がるつもりだ！　そこ一方通行だろ。標識あるだろ！　ちゃんと確認しろ！」

「あはは。ホントだ。ごめん」

頼りない笑い声を響かせながら慌てて元の車の流れに戻ろうとオロオロしていたら、後方でクラクションが鳴った。

「ごめんじゃない。運転代われ！」

「え……でも……」

要求に対し運転席からあがった不満の声に遼がため息をつく。

「いいから代われ……もうこれ以上、麻莉を不安にさせたくないんだよ」

「……私？」

びっくりしてつい口を挟むと、遼が微笑みで肯定した。一気に頬が熱くなる。

しかも笑みと共に彼がちょっぴりばつの悪そうな顔をした。表情から照れを感じ取れば、私も恥ずかしくてたまらなくなっていく。

「お兄ちゃんがそんなこと言うなんて……参りました。今すぐ代わります」

自分の意見は通らないと諦めたらしい。花澄さんは素直に車を路肩に寄せた。

「まったく」と兄妹《きょうだい》そろって同じ言葉を呟きながら、ふたりは席を交代する。

私の隣に座ると、花澄さんががっくりと肩を落とした。

「あーあ。久しぶりにお兄ちゃんに怒られちゃった」

滑らかに車を発進させつつ、遼が運転席から言葉を返す。

「俺だからこれくらいで済んだんだ。佳一郎《けいいちろう》だったら心が折れるまで小言言われるぞ」

「……うん。お兄ちゃんでよかった……あ、麻莉さんも知ってる人ですよ。お兄ちゃんの秘書が中條《なかじょう》佳一郎さん。さっき会ったでしょ？　怖くなかったですか？」

聞き覚えのない名前に首をかしげた私に花澄さんが気づいて教えてくれた。

あの人かと遼の秘書の男性の顔を思い浮かべていると遼が反論に出た。

「佳一郎は怖くない。お前の鈍くささがすべて悪い」

「怖いって！　あの人、いつ見ても怒ってるし！」

遼には申し訳ないが、花澄さんに激しく同意する。私もずっと、遼の秘書はいつも不機嫌そうだなと思っていた。今日のあのやりとりを見て、敵に回したくない部類の人間というイメージも追加された。

さらに今は、遼はものすごい強者を引きつれて歩いていたんだなと感心している。

「それにしても……お兄ちゃんがあんなに焦ってるとこ初めて見た。麻莉さんを本気で好きなんだね。うんうん。分かるなぁ。麻莉さん、素敵だもん！　これから長い付き合いになりそうだね。よろしくね！」

嬉しそうに話しかけてくる花澄さんへ曖昧に微笑み返した。

私にとって遼は特別な存在だけれど、遼が私を女としてどう思っているかは……分からない。親に反発するための有効手段として、彼が恋人役を買って出てくれた。今までのすべてが親を信じ込ませるための彼の演技で、役目を終えた今は友人として私のそばにいてくれているだけ。

私たちは本物の恋人同士ではないのだから……期待しちゃダメだ。

こんなにもそばにいるというのに、運転席に座る彼の背中が遠くに感じた。

約三十分後。私は都心一等地に建つビルの地下一階にある高級寿司店のカウンターで、倉渕兄妹の間に挟まれお寿司をご馳走《ちそう》になっていた。

「食べ終わってからのお兄ちゃんたちの予定は？　デート？」

「そうだな……」

花澄さんの問いかけを受け、遼が私をちらりと見た。

私はそれになにも答えられず、気まずさからお寿司を口に運ぶ。

「花澄と別行動なのは決まってる」

「お兄ちゃんひどい。そんなにハッキリ言わなくても……まぁでもそうだろうなとは思ってたけどさ、なんか傷つく……いいもん。今日で無事知り合いになれたから、麻莉さんとはこれからたくさん遊んで、お兄ちゃんより仲よくなってやる」

「やれるもんならやってみろ」

目の前を飛び交う言い争いに身を小さくさせていると、カウンター内にいる大将の顔に笑みが浮かんだ。

気難しい職人気質《かたぎ》の人かと思っていたけれど、どうやらそうではないらしい。表情から、倉渕兄妹のやりとりを微笑ましく感じているようだった。

私は食事の手を止め、店内にある時計をぼんやりと見上げた。

時刻はもうすぐ午後二時になろうとしているところだ。喜多さんや秘書の中條さんは今どうしているのだろう。本当はのんびり食事をしている場合ではないのかもと心苦しくなる。

不意を衝《つ》くように遼の指先が私の頬に触れた。彼の優しい眼差しに、一気に頬が熱くなっていく。

「とりあえず俺たちはここでしばらく待機。まずは佳一郎と合流しなきゃな」

自信たっぷりな笑みを見せられ、涙がじわりと込み上げてくる。

私の不安を和らげてくれるかのような言葉は偶然発せられたものではない。遼は私の気持ちを見抜いている。

微笑み返すと遼が少しだけ肩の力を抜いた。

「そのあとは……少し休むか。朝から緊張しっぱなしで疲れたろ?」

その言葉で、今ものすごい気だるさを感じているのは朝から張りつめていた緊張の糸が一気にゆるんだせいかもしれないと気づかされる。

「確かに」と言いかけ、私は息をのんだ。

遼がじっと私を見ている。甘い熱を帯びたその眼差しは初めてじゃない。むしろここ最近知ったばかりのものだ。

彼が微笑むだけで、ドキリと鼓動が高鳴る。自然と目が行くのは形のよい彼の唇。

周囲の物音が遠のき、自分の心音と彼の言葉がやけに大きく迫ってくる。

「朝じゃないか……昨日の夜から緊張しっぱなしって言うべきだった?」

頬に触れていた彼の指先がすっと下がり、私の首元をさらりとなぞった。そこは彼が口づけで私に印を刻み込んだ場所だ。

気恥ずかしさから昨日の夜のことを思い出さないようにしていたというのに、遼の言葉がすべてを打ち崩していく。秘めていた熱が呼び起こされ、身体が熱くなる。否定しようとしても昨夜の記憶が蘇《よみがえ》り、そっと口を閉じた。

涙目でにらみつけていると、遼が小さく笑った。

「……唇に海苔《のり》ついてる」

言いながら、彼は自分の唇の端を指でさしてみせた。ずっとそんな間抜けな状態でいたのかと、私は恥ずかしさをさらに募らせる。

しかし自分の唇の端へ手を伸ばした瞬間、遼にその手を掴み取られた。軽く引き寄せられ、同時に唇の端を柔らかなものが掠めた。

一気に近づき、すぐに遠のいていった遼の顔。変な角度からの不意打ちの……キス。

唇の端を指先で押さえればとある事実に気がつき、私はもう一度遼をじろりと見た。

「本当についてた？」

「見間違いだったみたい」

からかわれただけだと分かり、私は「遼！」と膨れっ面で抗議する。

「ねーねー。私もいるんですけど！　彼氏いない身としてすごく切なくなるので、少し自重してもらえませんか？」

花澄さんが私のほうに身を乗り出して遼をじろりとにらんだ。遼はそれに呆れ顔で反論する。

「お前、食べ終われば用はないだろ。もう帰っていいぞ」

「そんなこと言って！　私、まだまだ居座るからね！」

兄の態度に口を尖らせた花澄さんの真後ろで、突然「はあっ」と嘆かわしげなため息が響いた。

「花澄さん、うるさいですよ。もういい大人なのですから、周囲に迷惑をかけぬよう行動を」

「げっ！　中條さん！　しかもなんで私だけ怒られるの⁉」

大きく後ろを振り返り、花澄さんが怒りの表情を浮かべる。

反抗的な彼女に冷めた目を向けてから、中條さんは遼へと身体を向け頭を下げた。

「すみません。遅くなりました」

「いや。そっちは大丈夫か？」

「ええもちろんです」

淡々とした会話が続く中、心待ちにしていた彼の登場に我慢できなくなり私は席から立ち上がった。

「あの……」

もちろん聞きたいことはひとつだけ。

「喜多さんは……あのあと……」

思いばかりがあふれ出しうまく言葉を紡げずにいると、中條さんの細い身体の後ろからひょこりと女性が顔を出した。

「私をお呼びですか、お嬢様？」

「喜多さん！」

叫ぶと同時に足は自然と彼女の元へ進んでいく。

「私……いろいろ……ごめんなさい」

「お嬢様が気に病む必要はありませんよ。すべて私が決めたことです」

柔らかく笑ったあと、喜多さんが私にバッグを差し出した。

「お嬢様のバッグはこちらでしたね」

それは昨日斉木さんに預けたあと返してもらえなかった私のバッグだった。

「あのあと、私は旦那様にお暇をいただきたいと申し出ました。そのまま中條さんに西沖家まで送っていただき、自分の荷物をまとめるついでにお嬢様のお荷物も」

「……そうですか」

本人はどことなく晴れ晴れとした顔をしているように見えるけれど、私にとってそれはとても切ない事実だった。

幼い頃から誰よりもそばにいてくれたのが彼女だった。新しい母よりも私は彼女を母親のように慕っていたのだ。

自分が引き金になっている負い目や、別れへの寂しさで胸が苦しくなっていく。

「バッグをありがとうございます。助かりました……あの、私……本当に……」

震える手でバッグを受け取り言葉を詰まらせていると、喜多さんが私の手を覆うように柔らかな手を重ねた。

「お嬢様がいつかまた、あの家に戻る時がくるかもしれない。その時は私が八重《やえ》奥様の代わりにお嬢様を支えられればと、そう考えておりました。けれど今日おふたりを見て、私の役目は終わったと強く感じました」

立ち上がった遼が私の隣に並び立ち、喜多さんが嬉しそうに顔をほころばせた。

「麻莉お嬢様のお相手が倉渕家のご子息だなんて。これは八重奥様のお導きだと胸が震えました」

八重奥様とはあの継母ではなく、亡くなった私の実母。『お導き』の意味を掴めずにいる私の手をそっと離し、喜多さんは遼に向かって深く頭を下げた。

「いつまでも、どうかあなた様が麻莉お嬢様の居場所でいてください。よろしくお願いいたします」

「顔を上げてください」

遼はすぐに喜多さんへ声をかけ、私の肩をそっと抱き寄せた。

「俺にとって安らげる場所は麻莉の隣です。だから麻莉にも同じように俺を求めてもらいたい、頼ってもらいたいと強く思っています」

恐縮した様子ではあるがゆっくり姿勢を戻した喜多さんへ、遼はいつも以上に完璧な微笑みを向けた。

「心配しないでください。奪い返すためにあの場に乗り込んでしまうくらい、俺は彼女に惚《ほ》れていますから」

彼は照れたようにそう言いながら、私にも微笑みかけてきた。

「大切にする」

優しい眼差しもくれた言葉もすべて演技だ。真に受けてはいけないと分かっているのに、嬉しくて仕方がない。私は手を伸ばし、複雑な思いで遼のスーツを掴んだ。

「ありがとう。私もずっと遼のそばにいたい。……大好きだから」

彼の耳にも私の言葉は偽りとしてしか届かない。そう分かっていても、ただの友人に戻る前に私の本当の気持ちを伝えておきたかった。

これが最初で最後の告白になるかもと、緊張で手が震える。

私を見つめていた遼が柔らかく微笑んだ。喜んでいるようにも面白がっているようにも見える笑みに、心が温かくなる。

次の瞬間、彼が力強く私の身体を引き寄せた。きつく抱きしめられ、私は動けなくなる。

「遼」

彼への思いが一気に膨らみ、私は自分の身体をすべて預けるように彼にしがみついた。

遼が私を好きだったらどんなに幸せだろう。すべて本当だったらいいのに。

遼の腕の中、私は彼と共に過ごす幸せな未来を思い描かずにはいられなかった。

喜多さんが店を後にして約二十分後、私と遼も、『まだもう少し食べたい』と言う花澄さんと『仕方がないので俺が彼女を車で送ります』としぶしぶ了承した中條さんを残して店を出た。

駐車場に向かい遼が乗り込んだのは、赤いコンパクトカーの隣に停車していたセダンタイプの黒い車だった。聞けば、赤のコンパクトカーは花澄さんのもので、スポーティなセダンタイプのものが遼の車らしい。

午前中から中條さんと花澄さんは遼の命令で動いていたようで、中條さんは遼の車を使い榊さんの行動を、花澄さんは西沖の家を監視していたのだ。その間、遼は自分の足で走り回っていた。

私の行きそうな場所を手当たり次第に訪ねていたと聞き申し訳なく思う傍ら、不謹慎にも嬉しく思う自分がいた。

静かに車は進んでいく。店の駐車場を出てから、会話は途切れず続いている。けれどその内容は、先ほど食べたお寿司や最近新しくできたレストランや自分の職場の新メニューの話ばかりで、ほとんど私ひとりでしゃべっている状態だ。

家から百メートルほど離れた場所にある公園の横を通りすぎ、私は小さく息を吐いた。

もうすぐ家に着く。名前を貸してくれてありがとう。恋人のふりをしてくれて助かりました。本当にお疲れ様。またなにかあったらよろしくね……って本当ならそんな話をしておくべきなのに、その瞬間この関係が完全に終わるのだと思うと、なかなか話題を変えられない。

たとえ偽りだったとしても、一分一秒でも長く遼の好きな人でいたい。

ハンドルに片手を添えて微笑みを浮かべる遼の横顔をちらちら見つめていると、タイヤがキッと音を立てた。

窓の外には三階建ての小さなアパート。最上階の右端が私の住む部屋だ。

「今日はいろいろありがとう」

気持ちを落ち着かせながらシートベルトを外すと、遼が私の手を掴んだ。

彼の真剣な顔にドキリと鼓動が跳ねた。

「……やっぱり帰るんだよな？」

「え？」

「無事鍵も戻ったんだから今日も……今夜も俺と一緒に過ごす必要がないって分かってるけど」

彼の瞳の奥に生まれた甘やかな熱に、胸がキュッと苦しくなる。

「帰したくない」

艶っぽい声音で求められ、私のすべてが彼への思いでいっぱいになっていく。

「遼……」

切なく彼の名を口にすると、遼がかちりとシートベルトを外してこちらに身を乗り出してきた。熱い指先で私の耳と頬をなぞり、そっと顎を持ち上げる。

彼の顔が近づいてくるのを感じながら、私は瞳を閉じた。

重ねられた唇は少しだけ荒っぽく、先ほどよりも強く『帰したくない』と言われているような気持ちにさせられる。

優しく包み込むようなキスに変わり、再び思いをぶつけるようなキスへと戻っていく。彼の唇に翻弄され、リップ音に自分の甘い吐息が混ざり合う。

通りすがりの誰かに見られているかもしれないと思いはしても、遼のキスを拒むことなどできるはずがない。

このまま彼とこうしていたい。私に触れていてほしい。

額と額をこつりと合わせたあと、遼がふっと笑みを浮かべた。

「帰さない」

カッコよさに思わず見惚《みほ》れながらも、私は顔を熱くさせたまま小さく頷き返した。

遼は私の頭をポンポンと撫でてから、外したばかりのシートベルトを装着する。それを見て、私もいそいそとシートベルトに手を伸ばした。

嬉しくてゆるむ顔を両手で覆い隠していると、それを不思議に思ったらしい遼がハンドルに手をかけて「麻莉？」と私を呼んだ。

恥ずかしくはあったけれど、私は今の気持ちを素直に言葉にする。

「遼とまだまだ一緒にいていいんだって思ったら嬉しくて」

彼は数秒目を大きくさせたあと、私のほうへ手を伸ばしてきた。ちょっぴり乱暴な手つきで頭を撫でてくる。

じゃれ合うように彼の手を払いのけてから笑みを深めた。すると彼は私から目を逸らし、わずかに頬を赤く染める。

「お前本当に……」

遼の照れている様を目の当たりにし、私の顔はさらに熱くなっていく。

「今日これからと明日。麻莉のしたいこと叶えてやる。なんでも言え」

「……え？　私のしたいこと？」

「あぁ。お前の喜ぶ顔が見られるなら、どんな我がままでも聞いてやる」

余裕たっぷりに笑って見せてから、遼がアクセルを踏んだ。一気に家が遠ざかる。

「どうする？」

「……えっと……どうしようかな……えーっと」

「特にないなら、俺が適当に考えるぞ」

「待って待って！　適当なんて嫌！　私に決めさせて！」

キスの余韻も冷めやらぬうちにドキドキする言葉をたくさん囁きかけられているというのに、冷静に物事を考えられるわけがない。

今日、それから明日。遼とふたりで過ごす初めての休日。不安はなりを潜め、期待ばかりが大きく膨らんでいく。

鳴り響く鼓動を感じながら、私は幸せを噛みしめていた。

三章　確かな思いをあなたに

お見合い騒動後、都心一等地にあるハイクラスのホテルで遼と二度目の甘い夜を過ごしてから二週間が経った。実家から怒りの電話がかかってくるかもしれないとびくびくしていたけれど今のところ接触もなく、心は落ち着きを取り戻しつつある。

消耗品の発注書を胸元に抱えてスタッフルームに向かって店内を進む途中、あることに気がつき私は窓際へと進路を変えた。

歩道を行く人々の手には色とりどりの傘。朝から暗く広がっていた曇り空からとうとう雨が降り始めたようだった。

天気が悪いせいもあるだろうけれど、昼を過ぎたばかりなのにいつもと比べて客の入りが少ない。

まったりとしている店内を振り返り見てから今度こそスタッフルームに戻ろうとしたところ、通路沿いのテーブルを拭いていたアルバイトの矢島《やじま》さんと目が合った。小柄にショートボブヘアで大学二年生の彼女は、可愛らしい見た目に人懐っこい笑みを浮かべて明るく弾むように話しかけてきた。

「暇になっちゃいましたね」

「うん」と微笑み返しつつ私は彼女が自分に向ける視線が気になり、すぐそばで足を止める。

「どうかした？」

問いかけると彼女はハッとしたように目を大きくさせ、苦笑いを浮かべた。

「なんていうか……西沖さんって前から綺麗でしたけど、ここ最近さらに魅力が増してるっていうか色っぽくなったっていうか……やっぱり彼氏できました？」

ずばりと指摘され、思わず私は息をのむ。

彼氏という言葉で思い浮かべるのは、もちろん遼しかいない。彼を〝彼氏〟というくくりに入れていいのか判断がつかず、私は口ごもった。

『倉渕遼を好きだと言えばいい』

その言葉通り、私の彼への思いはどんどん輝きを増しているけれど、彼の気持ちは……正直どう捉えていいのか分からない。最近の彼はいろいろ私に甘いのだ。

仕事が多忙を極めていたり先週末から出張が入っていたりと、ここ二週間彼とは顔を合わせていない。そんな状況はこれまで何回もあったし、音沙汰なしが普通だったというのに今回は違う。夜になれば電話をかけてくる。それに……。

「あっ！　やっぱりそのピアス！　彼氏からのプレゼントですか!?」

矢島さんに言われ、自分が無意識にピアスに触れていたことに気づかされた。

顔を熱くさせながら「まだテーブル片付いてないよ！」と店の奥のほうを指さし、私はいそいそとその場から退散した。

スタッフルームに飛び込み発注書をデスクの上に置いてから、ふうっと息を吐き出す。

矢島さんが言っていた通り、これは遼が私にくれたもの。一昨日《おととい》の夜、遼から小包が届いて驚きながら開封すると、中には業務中にしていても差し支えのないくらい小ぶりのダイヤモンドのピアスが入っていたのだ。

すぐに電話をかけると、慌てふためく私に彼はなんてことない口調で言った。『麻莉に似合うと思ったから。今度のデートでつけて、俺に見せて』と。

私は胸元に手を当て微笑んだ。

あの優しい声を思い出しただけでこんなにも胸が高鳴っている。お見合いの件が一段落した今、恋人のふりなんてもうしなくていい。ふたりっきりの時ならなおさらだ。遼だって分かっているはずなのに、彼は以前よりも甘く優しく接してくる。

だから私はどうしても期待してしまう。もしかしたら、彼も私を特別だと思ってくれているかもしれないと。

カレンダーを見て、今夜電話してみようと私は思いを強くする。

今日は木曜日。遼は明日出張から戻ってくる。土日の予定は空いているだろうか。

私と一緒に過ごしてもらえないだろうか。

断られたらと考えたら少し怖いけど、だからといって彼に会いたいという気持ちは抑えられない。

もうすぐ休憩時間だ。その時に一度電話をかけてみてもいいかもしれない。タイミングがよければ遼の声が聞けるかも。

楽しみで待ちきれないと思いつつも、私はやりかけの仕事を片付けるべく椅子に腰かけようとした。しかしバタバタとなにやら慌てている足音が聞こえてきて、私は椅子に座らずスタッフルームのドアを凝視する。

「西沖さん！」

すぐにドアが開かれ、先ほど話していた矢島さんが入ってきた。

「どうしたの？」

打って変わって明らかに困惑しているその顔に、何事かと私も動揺を隠せない。

「あの……お客様が西沖さんを呼んでます」

「私を？」

「はい。今店長が接客してくれているんですが……なんだかひどく偉そうというか」

誰の顔も思い浮かべられないまま、ひとまず私は「分かった、今行きます」と返事をした。

矢島さんと共にスタッフルームを出ればすぐに、男の人の不機嫌な声が響き渡った。

「いるんだろ？　さっさとここに麻莉を連れてこいよ！」

聞き覚えのある声に、私は思わず足を止める。

足音をたてないように進み物陰から声のするほうをのぞき込むと、入口近くの席に態度悪く座っている榊さんの姿があった。

そのそばでオロオロしている店長は、榊さんと同じ三十代後半の男性。とても線が細くて声も小さいからか、ひどく弱々しげで今にも泣きだしそう。

「あの人です。知り合いですか？」

そう問われ、隣で私と同じような格好になっている矢島さんに頷き返す。

「行きますか？　それとも奥で隠れてますか？」

隠れてしまいたい。けれど困り果てている店長の顔を見たら、このまま榊さんを押しつけることなどできるはずもなかった。

「私に用があるみたいだから、私が行かなくちゃ。それにお客様は他にもいるし、とりあえず彼にはおとなしくしてもらわなくちゃね」

自分で言いながら不安になる。遼や中條さんのように榊さんと渡り合い、なおかつ黙らせるのは私には難しいかもしれない。

「なんか変な人ですし気をつけてくださいね。いつでも警察に連絡できるようにスマホ握りしめてますから！」

「ありがとう」

心強く感じながら、私は榊さんに向かって歩きだした。

「榊さん」

呼びかけると場が静まり返った。榊さんが私の声に気づき口を閉じたからだ。彼は席から立ち上がり、私を見て不敵な笑みを浮かべる。

「なんだ。やっぱりいるじゃねぇか。もっと早く出てこいよ」

責め立てる声と苛立ちを隠さぬ眼差し。彼が持っている凶悪な部分を躊躇《ちゅうちょ》なく突きつけられ、恐怖で背筋が震える。

対峙し指が震えても、表情だけは毅然《きぜん》としていたくて私は必死になる。

「今日はなんの御用でしょうか？　お食事ですか？」

「お前と話がしたくて来たんだよ」

「お客様として来られたのでなければ、すぐに店から出ていってください。仕事が終わったあとなら、いくらでもお話を聞きますから」

私の要求に榊さんはムッと顔をしかめたあと、なにかを思いついたように笑った。

「だったら俺は客だ。コーヒー持ってこい」

追い出すのを失敗したと悟ると同時に、このまま居座られそうな予感に思わず眉根を寄せる。黙ったままでいると、榊さんがバンッとテーブルを叩《たた》いた。

「持ってこいって言ってんだよ！　早くしろ！」

店内にいる他の客たちが何事かと不安そうな顔でこちらの様子をうかがっている。

隣にいる店長と顔を見合わせたあと、私は榊さんに頭を下げた。

「今すぐお持ちいたします」

そのまま下がろうとしたけれどできなかった。榊さんに「麻莉！」と凄味のある声で呼び止められたからだ。

「麻莉はここに残れ。お前がコーヒーを持ってこい」

榊さんに顎で指図され、店長はどうしたらいいものかといった顔でちらりと私を見た。そして少しの迷いのあと、「ただいまお持ちいたします」とこの場から離脱する。

私も逃げ出したい。自分の中で膨らんでいく怯えを必死に抑え込みつつ、私は挑むように榊さんを見つめた。

「私がここで働いていると母から聞いたのですか？」

問いかけに榊さんが薄く笑った。

「余計なことを言いやがってとでも思っていそうな顔だな」

「その通りです。私とはなんの関係もないあなたに教える必要などまったく――」

再び榊さんがテーブルを叩いた。その音にびくりと身をすくめる。

「俺に恥をかかせておいて、その言い草はなんだ」

私は軽く唇を噛み、折れそうになっていた心をなんとか奮い立たせた。必死に言葉をつなげる。

「よく考えてみてください。他の男性を思っている私と結婚しても、お互い幸せになどなれません。榊さんにとって先日の事は屈辱的だったかもしれませんが、決してマイナスにはならないはずです」

緊張を逃すよう静かに息を吐き出すと、突然榊さんが大声で笑い始めた。

「なに言ってんだよ。マイナスに決まってんだろ⁉」

そして恨みのこもった目で私をにらみつけてくる。

「結婚生活に幸せなんてものは望んでいない。榊商会の副社長に見合った嫁を手に入れられれば俺はそれでいいんだよ。むしろお前は俺が望んでいた以上の代物だ。兄貴たちのどの嫁よりも家の力が強くて、なおかつ見た目もいい」

考え方自体が私と違う。この先もずっと彼とは理解し合えない。そう気づかされれば、目の前にいる彼がやけに恐ろしく見えてくる。

強引に手を掴み取られて思わず息をのんだ。身動きがとれずにいる私を見て、榊さんがニヤリと笑う。

「麻莉。お前、幸せな未来を夢見ているようだけど、あの男とこのまま一緒にいてもそんなもの手に入らないぜ」

彼に手を撫でられ、ゾワリと身体が震えた。すぐにその手を払い避けようとしたけれど、簡単にはいかなかった。

「てっ、手を放してください！」

「あの男は倉渕物産の跡取りだろ？　上に立つ男は決まって野心家だからな。結婚相手だって、結局は会社の利益につながる女を選ぶだろ」

「遼はそんな人じゃ……」

反論しようとすれば、榊さんに強く手を引っ張られた。近づいた互いの距離に背筋が寒くなる。

「そうなんだよ。お前たちの結婚を西沖の親は望んでいない。反対されたまま無理やり奪い取るような真似をしたら、倉渕物産のマイナスにつながりかねない。そんな危ない真似を果たしてアイツがするかな？」

遼本人は損得で物事を決めるような人ではない。そう強く信じているのに、榊さんの言葉で気持ちが揺らぐ。

倉渕物産のこれからや大勢の社員を思う時、彼は上に立つ者としてどのように考え、どのような選択をするのだろうか。

「倉渕のやつにだって縁談くらいいくらでも舞い込んできているはずだ。お前以上の物件が舞いこめば、お前のような面倒くさい女よりもその女を取るだろう。アイツはいずれ、お前を切り捨て他の女と結婚する時がくる」

嫌な予言にちくりと心が痛んだ。考えただけで涙が込み上げてくる。

遼のそばにいられないだけでなく、遼が誰かと結婚する未来など……そんなの絶対に嫌だ！

榊さんが再び私の手を引いた。反射的に顔を上げれば至近距離で見つめ合う形になり、嫌悪感が込み上げてくる。

「だったらこうすればいい。俺たちは形だけの夫婦になる。お前も俺も家の外でのことには干渉しない。愛人という形ならば、あの男だって喜んでお前との関係を続けてくれるだろうよ」

「いい加減にしてください！　手を放してっ！」

カッとし榊さんの手を大きく振り払った瞬間、鈍い痛みが走った。私の手が榊さんの頬に当たったのだ。

「……麻莉」

榊さんが唸るように私の名を口にした。続けて、ホットコーヒーの載ったトレーを持ち近づいてきていた店長に「早く持ってこい！」と野太い声で呼びつける。

ビクビクしながら私たちのそばで店長が足を止めると、榊さんが私をやっと解放する。そして湯気の立つカップを掴み取り、私の顔の前で……手を離した。

陶器の割れる音が店内に響き、私はぎゅっと目をつぶる。足にかかったコーヒーの熱さに耐えていると、榊さんが鼻で笑ったのが聞こえてきた。

「おいおい。この店はカップのひとつもまともに洗えねーのか？　ぬるぬるしてて手が滑ったじゃねーか」

長く息を吐いてからゆっくりと目を開け……私は榊さんをにらみつけた。

とてもじゃないが、今のは手を滑らせて落としたとはまったく思えない。彼がわざと落としたのだ。

「なんだ。その顔は！　さっさと拾えよ。怪我したらどうしてくれるんだ！」

私の態度が頭にきたらしい。榊さんが唇を震わせ怒鳴りだした。

「拾えって言ってんだろ！」

大きな声に身体が強張る。店内にいる客たちの怯え顔が視界に入れば、反発心が勢いを失っていった。

不本意ではあるけれど、ひとまずここは従うべきかもしれない。私はその場に両ひざをつけ、割れたマグカップに手を伸ばす。破片を摘み上げた瞬間、ガシリと上から頭を押さえられ、その拍子にちりっと指先が痛んだ。

「俺と対等だとでも思ってるのか？」

身体を起こそうとすれば逆に力で押さえ込まれた。無理やり土下座させられているかのような格好が屈辱で、悔しさにたまらず涙が浮かんでくる。

「お前自身に価値などまったくな――くっ……」

その時、耳元でカツリと靴音が鳴った。視界の端に綺麗な黒の革靴を捉えた瞬間、私の頭を押さえていた力が苦しげな声と共に離れていった。

「じゃあお前にはどれほどの価値があるっていうんだ。笑わせんな」

聞こえた声に鼓動が高鳴りだす。

ゆっくりと顔を上げれば、そこに遼がいた。

「ハッキリ言っておく。どれほど麻莉を欲しがろうとも、お前は彼女を手に入れることはできない。俺が手放さないから」

怒りに満ちた表情で榊さんの胸倉を締め上げている。

「麻莉は俺の女だ。これ以上彼女を苦しめようものなら、ただじゃおかない。俺は全力でお前を潰しにかかる」

彼の目つきや低く響く声は恐れを抱かせるほどの鋭さを含んでいる。それなのに、私を思って出た言葉はどれもが甘やかで、嬉しくて胸がキュッと締めつけられた。

「……遼」

出張から戻るのは明日だったはずだ。帰りが早まる可能性があるとも聞いていなかった。舞い上がる気持ちに戸惑いを抱き目が合えば、遼が榊さんを掴んでいた手から力を抜いた。

「コイツを店からつまみ出せ」

「承知いたしました」

遼が手を離すと同時に音もなく現れた中條さんが榊さんの腕を捻り上げ、店長も榊さんの身体を押さえにかかった。

「痛ぇ！　なんだよいきなり……おっ、お前。あの時の……いっ、痛いって言ってんだろ！　放せ！」

「うるさいです。静かにしていただけますか」

訴えには耳を貸さず、中條さんは店長と共に榊さんを店の外へと追い立てる。

「麻莉」

遼が私の肩にそっと手を乗せた。

「大丈夫か？」

優しい眼差しと温かな言葉に、再び涙が込み上げてきた。

「遼……うん。大丈夫。平気」

「立てるか」

「ありがとう」

差し伸べられた手に掴まり、私はゆっくり立ち上がる。

向かい合わせで見つめ合い数秒後、遼が苦しそうに瞳を細めた。私の頭に触れ、なにも言わないまま細長い指先で髪を梳《す》く。しかし私の耳で輝くピアスに目を留めた途端、彼が嬉しそうに口元をほころばせる。

「つけてくれたんだ」

頷き返せば、綺麗な顔に微笑みが広がった。

遼の穏やかな表情につられて私も笑顔になる。榊さんとの一件で強張っていた心が一気にほどけていくような、そんな気分だ。

頭から手を離しても、遼は私を優しく見つめたまま。ちょっと照れながらピアスに触れつつ、私は言葉を選んで話を続ける。

「あの。本当にこのピアス、私がもらっちゃって——」

このような高価なプレゼントをあやふやな関係である私がもらっていいのか。ずっと心に引っかかっていた思いを言葉に変えようとした瞬間、遼の人差し指が私の唇に触れた。

「これは俺が麻莉のために買ったものだ。何回聞いたところで答えは変わらない」

彼の指先に意識が向き、私は黙り込む。わずかに目を見開いて彼を見つめ続けた。

「ほら、似合ってる。想像通り。買って正解」

べた褒めのような言葉をさらりと言われ、顔が熱くなる。しかも遼の顔は私をからかっているふうではないから、本音なのだとしっかりと伝わってくる。

だから余計に恥ずかしくなる。遼の顔をまともに見られなくなり、もじもじしている自分に情けなさを感じていると、中條さんと店長がそろって戻ってきた。

「笑顔でお見送りさせていただきました」

中條さんが報告ついでに口角を無理やり上げてみせた。感情のこもっていないその微笑みに、遼と私は小さく笑い返す。

「西沖さん、すまなかったね。大丈夫かい？」

店長が眉毛をハの字にさせながら、申し訳なさそうに私に話しかけてくる。

「休憩はまだだったよね。ここは僕が片付けておくから少し休んでおいで」

「店長ありがとうございます……お言葉に甘えて休憩に入らせてもらいます」

店長に頭を下げ、遼や中條さんに微笑みかけてから彼らに背を向けたその瞬間、店長が発した言葉に動きを止めた。

「オーナー、助かりました」

「また姿を見せた時はすぐに連絡を」

「はい。分かりました」

慌てて振り返り、唖然とする。店長と言葉のやりとりをしているのが遼だったからだ。倉渕様でもお客様でもなく、オーナー。店長は確かにそう言った。

入社後、この店の経営に倉渕物産の上役が絡んでいると聞いてはいたけれど、まさかそれが遼だなんて想像すらしていなかった。

さらに大きさを増した彼の存在感に圧倒されてその場に立ち尽くす私をちらりと見て、遼は思い出したように呟く。

「俺も腹が空いたな。麻莉はどこで食べる予定？」

「……これからなにか買いに行くつもりだけど」

「だったら一緒に食べようか」

店内へ目を向け、遼は自分たちが客から注目を浴びているのを感じ取ったらしい。

「俺はここを離れたほうがよさそうだ」

そう小さく話しかけながら、私の肩に優しく触れる。

「エレベーターの前で待ってる」

不敵な微笑みにドキリと胸が高鳴り、心が喜びで満ちていく。

彼は身を翻し、颯爽と歩きだした。

手が離れても肩には温かな余韻がしっかりと残っている。忙しい彼がこうして自分に会いに来ただけでなく、私との時間を大切にしてくれていることが本当に嬉しかった。

胸が震えるほどの喜びが、遼と会えない日々に自分がどれほど寂しがっていたかを、彼を恋しがっていたかを教えてくれた。

歩いて五分ほどの距離にある別の商業ビルの一階にあるレストランへ私たちは場所を移した。

案内されたテーブル席に私と遼が並んで座ると、向かい側に中條さんが腰かけた。テーブルに置かれたメニュー表を男性ふたりが手に取り、私は遼の手元をのぞき込むように彼へと身を寄せる。

ぱらぱらとページをめくる彼のリズムに合わせて視線を走らせ、そしてなにを食べようか迷い約一分が経過した頃、遼が明太子のクリームパスタを指さした。

「麻莉はこれだな」

まさに注文しようとしていたものを言い当てられ唖然と見つめ返す傍ら、中條さんがやれやれといった様子でメニューを閉じた。

「食べるものくらいご自分で決めさせてあげるべきだと。お前は過保護な保護者か……ああ失礼しました。言葉がすぎました。反省します」

さらりとたしなめてきた中條さんを遼はじろりとにらみつけ、眼差しで反論する。

中條さんを淡白な人だとずっと思っていたけれど、ここ最近その印象はだいぶ変わりつつある。遼とのやりとりを通して彼を見ているとなんだか面白いのだ。

完璧人間だと一目置かれ続けてきた遼にさらりと嫌味を言ってのける人物はこれまであまりお目にかかったことがなく、ふたりの会話から遼の新たな一面を知るのも楽しくて仕方がない。

「違ったか?」

遼が私の頬にそっと触れた。切なさを帯びた声音に慌てて首を横に振る。

「ううん。当たったからちょっと驚いちゃっただけ」

メニューには、明太子のクリームパスタに大好物のエビとホタテがたっぷりと書いてある。改まってそれらが私の好物だという話はしていないけれど、私が好んで食べているのを遼は気がついていたのだろう。

私の返答で遼が『ほらね』といったような顔をする。

「まったくどっちもどっちですね。お互いを甘やかしすぎです。業務報告書に【出張最終日、胸やけ。いい加減にしろ】と書かせていただいても?」

中條さんのぼやきに、私たちは顔を見合わせたまま苦笑いを浮かべた。

注文後、運ばれてきたパスタへ私は「いただきます」と手を合わせた。共にテーブルに置かれた生ハムの載ったマルゲリータのピザを遼が頬張り、少し遅れて届いたスモークターキーとレタスがたっぷり挟まった厚切りのサンドイッチを中條さんが口に運ぶ。

ほんのりと穏やかな空気の中、私は今なら聞けると心を決めて遼に問いかける。

「ね、遼って……あの店のオーナーだったの？」

「え？　……あぁまぁ。そうだけど」

「じゃあ、私がすんなり雇ってもらえたのは遼のおかげ？」

もうひとつ質問を続ければ、遼が動きを止めた。微妙に目が泳いでいる。なんと答えるのが正解かを考えているように見えた。

遼はなかなか口を開かない。それならばもうひとり、真実を知っているだろう人に聞くしかない。涼しげな顔でコーヒーを飲んでいる中條さんへ視線を移動させると、彼はやれやれといった様子で小さく息を吐く。

「違いますね。おかげなどではなく、倉渕専務がそう仕向けたと言ったほうがより事実に近いかと」

「佳一郎。それ以上しゃべるな」

「私は聞かれたから素直に事実を述べたまでです」

ちょっぴり焦っている遼と無表情を崩さない中條さんを交互に見てから、私は握りしめていたフォークをゆっくり下ろしていく。

西沖グループを退社して家も飛び出し、これからどうやって生きていこうかと悩んでいた時、友人である隅田くんからちょうど知り合いの店が社員を募集していると話を持ちかけられたのだ。純粋に隅田くんの仕事つながりでの知り合いだと思っていたが、どうやら違っていたらしい。

「そっか、遼だったんだ」

しかし理解すれば、今まで抱いていた違和感が納得へと変わっていく。

飲食店でのアルバイト経験もない私が面接もそこそこにあっさり雇用が決定し、給料面での待遇が最初からよかったのも、すべて遼が力を貸してくれたから。

そして、記憶をたどっているともうひとつの違和感につながった。

「それじゃあ。もしかして……私が今住んでるアパートも……もしかして遼が一枚嚙んでたりする？」

あの物件も隅田くんに知り合いだからと不動産会社を紹介してもらい見つけたのだ。まさかと思いながら恐る恐る問いかけると、遼が観念したように頷いた。私は唖然として数秒言葉を失う。

「築浅なのに相場よりも家賃が安いから不思議に思ってたけど……まさか遼が大家だったなんて……全然気づかなかった……っていうか遼、いろいろすごい」

「いや。あの物件は俺の叔父さんのだから。俺は別に」

さらりと謙遜したけれど、たとえ物件が叔父さんのであってもあの店のオーナーをやってのけているという時点で既に称賛に値する。

「ずいぶん警戒心のない方ですね。本当になんの疑問も抱かなかったのですか？」

中條さんは湯気の立ちのぼっているコーヒーを、熱さをまったく感じていないような顔でひと口飲み、ソーサーへ静かにカップを戻した。

「見合いをぶち壊した日、家の場所を聞いていないのにあなたをきっちり家まで送り届けそうになってしまったと、後日倉渕専務が青い顔をしていましたよ。普通ならお前はストーカーかと疑うレベルです」

言われて初めてそうだったと気づいた。

確かに場所を伝えていないのに車は私の家のすぐそばまで来ていた。しかしあの時は両親や榊さんとの出来事で心に余裕もなかったし、そのあとはホテルで遼との甘い時間に身をゆだねていたため、そのまま記憶から抜け落ちてしまっていたのだ。

「いいんだよ。相手が俺だったから麻莉も気にしなかった。そうだろ？」

頬杖をついた状態で遼がわずかに首を傾け私に同意を求めてくる。もちろんすぐに私は彼の言葉に頷き返した。

遼はもう私にとって警戒などする必要のない人。気づかぬところで、ずっと私に力を貸してくれていたのだからなおさら。

西沖の家を飛び出したあの時、後悔なんてまったくしていなかったけれど未来に対しての不安はたくさんあった。けど、今こうしてひとりで楽しく生活を続けていられるのは、働ける場所や住む家があり話を聞いてくれる友人たちがいてくれ、なにより頼れる存在がすぐそばにいるからだ。

遼は昔からずっとそうだった。私が不安になっている時は決まって、さりげなくアドバイスをくれたり手を差し伸べてくれた。

「ありがとう。遼にはずっと助けてもらってばかりだね。いつか必ず恩返しするね」

「恩返しか……いいね。麻莉は一生かけて俺に恩を返し続けろ」

「一生？」

「あぁ一生。忘れるなよ」

空いている手で彼が私の頭を撫で、指先で頬を優しくなぞっていった。

一生俺のそばにいろと、そんなふうにも受け取れる彼の言葉と指先のくすぐったさに鼓動が高鳴っていく。熱くなった頬を押さえていると、中條さんがふっと小さな笑い声を漏らした。

「よかったですね。地味にこそこそと恩を売り続けた甲斐《かい》がありました」

「お前は黙ってろ」

「はぁ。美味しかったです。ご馳走様でした。……ところで私もひとつお聞きしたいのですがよろしいですか？」

遼の言葉をさらりと聞き流し、中條さんが私を見た。まっすぐで澄んだ眼差しに思わず呼吸を止める。

「今回の倉渕専務の出張。誰かに話しましたか？」

「遼の出張ですか？　……えっと、遼の妹の花澄さんとこの前一緒に食事をした時にその話をちょっと……あと私の妹にも言いました。遼と三人で食事をしたいとしつこく電話をかけてきていたので、彼は出張で東京にいないから今は無理だよって断りました。それだけです」

記憶をたどりながら正直に打ち明けると、「そうですか」と中條さんが短く息を吐いた。

「なにか？」

「いえ。邪魔なのですぐに追い払いましたが、あなたの妹さんが出張先に何度か現れたので個人的に気になっただけです」

「えっ⁉」

思わず遼を見れば、彼はその綺麗な顔を少しだけ歪ませた。

「最初に言っておく。俺は麻莉とふたりならいくらでも食事に行く。が、彼女も同席するというなら行かない」

「遼。なにかあったの？」

「……いや。ああいうタイプは苦手だってだけ」

妹の性格を分かっているからこそ、なにかあったと簡単に察しがつく。

学生の頃、遼に恋人はいるのかと美紀は何度も私に聞いてきた。他の女の子同様、彼に憧れを抱いていたとしてもおかしくない。そして今、私の恋人として目の前に現れた遼を見て、その時の感情が蘇ったとしたら。優位に立ちたがる妹だから、私から遼を奪いたいと思ったのかもしれない。

考えれば考えるほど不安になっていく。

無意識に膝の上でぎゅっと握りしめてしまっていた手に、彼の大きな手が乗せられた。

「麻莉」

優しく名を呼ばれ、胸がキュッと苦しくなった。

胸を張って恋人だと言えるようになりたい。遼と本物の恋人になりたい。

彼の落ち着きある眼差しと包み込む手のぬくもりを感じながら、私は強く願った。


スタッフルームにある窓から外を眺め、小雨がまだ続いているのを確認する。

仕事も終わり既に帰り支度も整っている。しかしこれから遼とデートの約束が入っていて、その待ち合わせ時間まであと一時間半もあるのだ。どこで時間を潰そうかと考えても、雨が降っているここから移動するのも面倒くさい。

ビルの中にあるお店なら濡《ぬ》れずに済むけれど、榊さんがまだ近くをうろついていたらと思うとそんな気分にもなれなかった。

とりあえずもう少しここで時間を潰そうと近くにあった椅子に手をかけた時、トントンとドアがノックされた。

「あぁ、西沖さん。よかった、まだいてくれて」

開いたドアから顔をのぞかせたのは店長だった。

「どうかしましたか？」

またなにかトラブルでも起きたのかと表情を険しくさせると、店長が苦笑いを浮かべる。

「まだ時間があるなら、申し訳ないんだが……コーヒーを届けに行ってもらえないかな」

「え？　コーヒーを届けるんですか？」

うちの店はそんなサービスなどしていなかったはずだけれどと怪しむ私に、店長も戸惑い顔で続ける。

「どうしても西沖さんに持ってきてもらいたいみたいで……行ってくれるかな？」

榊さんとのことがあったからか、どうしても不吉に思えてくる。しかも私を指名だなんてますます怪しい。

「いったいどこに？」

緊張感を持って聞けば、店長がゆっくりとした動作で上を指さした。

つられて天井を見上げ五秒後、私はあっと声をあげる。

「も、もしかして。倉渕物産ですか？」

「あぁ。そうなんだが……」

届け先が分かりホッとする。私を指名した理由も、届けるべき相手が遼ならすべて納得。なんの問題もない。逆にニヤリと笑った遼が頭に浮かんできて、びっくりさせないでよと文句が口をついて出そうになる。

「いいですよ。時間を持て余していたところですし、私届けてきます」

ユニフォームに着替えようとロッカーに向かっていく途中で、店長がもうひとこと情報を追加させる。

「よかった。それで届け先は、倉渕物産の社長室だからね」

「え？　社長室ですか？」

「それじゃあ、よろしく頼むよ」

「えっ。待ってください店長っ……」

驚きで固まった私をその場に残し、店長はそそくさとスタッフルームを後にした。

コーヒーを届けろと私を指名してきたのは、倉渕専務ではなく倉渕代表取締役社長――遼の父親だ。遼ではなく彼の父親に呼ばれたとなれば……理由を考えただけで恐ろしくなってくる。

遼と私が付き合っているという話を聞き、大事な跡取り息子の相手がいがみ合っている西沖の娘だと知って怒り心頭かもしれない。

自分のロッカーから取り出したユニフォームを胸元で抱きかかえながら、自分の身体がわずかに震えているのを感じ取る。

遼は私になにも言わなかったけれど、父親の耳に私たちの話が入っている時点でもう既に彼に迷惑をかけてしまっている。自分の引き起こした事態が大きくなる前に……彼とのあやふやな関係にきちんと終止符を打つべきだった。

今さらの後悔に苛まれながら、私は息苦しさに胸元を押さえた。

怖いけれど逃げるわけにはいかない。遼のためにも自分のためにも。

そう自分に言い聞かせ、私はユニフォームを抱え持つ手に力を込めた。


コーヒー入りのポットとカップなどを入れた店の紙袋を持って、エレベーターで二十八階まで上がっていく。

「遅かったですね。来ないのかと思い始めていたところです」

重い足取りでエレベーターを降りると、冷めた声が私を迎えた。

「中條さん」

目の前にある受付の隣に立っていた彼が、やれやれといった様子でこちらに向かって歩いてくる。

「社長がコーヒーをお待ちです」

「……はい」

やっぱり、届け先にいるのは遼ではなく社長で間違いなさそうだ。

立ち上がり恭しくお辞儀をしてきた受付の女性に軽く会釈しつつ、踵《きびす》を返しさっさと歩きだした中條さんの後を追う。

「コーヒーじゃなくて、私に話があるんですよね？」

独り言のように囁きかけると、ほんの一瞬中條さんが肩越しにこちらを見た。

「両方でしょうね。コーヒーも飲みたいし、あなたにも会っておきたい。社長はそうお考えなのでは？」

返ってきた言葉に小さくため息をつく。

ガラス張りの壁の向こうにはたくさんのデスクが並んでいて、多くの社員が熱心な様子で働いている。

かつて勤めていた西沖物産のオフィスフロアもこんな感じだったなと懐かしく思いつつ、このどこかにいるかもしれないと遼の姿を捜す。

「こちらです」

中條さんは私に声をかけると同時に通路の角を曲がった。慌ててそれに続くと、すぐに目の前に社長室の大きな扉が現れた。

コンコンと中條さんがノックをした直後、扉が内側から開かれた。

「来たね。待っていたよ。さぁ中に入りなさい」

大企業の社長だから私の父のように気難しそうな人かと考えていたけれど、そうではなかった。髪は白髪交じりではあるが口元に朗らかな笑みを浮かべていて、私を見つめるその表情はとてもはつらつとし余裕すら感じさせる。いい年の重ね方をしてきたような印象だ。

遼のお父さんは私を室内に招き入れると、廊下の様子をうかがったあとパタリと扉を閉めた。

「見つかってないだろうな」

「はい。ちょうど今、専務は上の階にいらっしゃるので」

「そうか。よかった」

ホッとしたような表情を浮かべてから、遼のお父さんが応接用のソファーにどかりと腰を下ろした。

私が呼ばれたのを遼は知らないみたいだけれど近くに彼がいるのは間違いなく、それだけでも心強く感じた。

「さっそくコーヒーを飲ませていただけるかな?」

「あっ、はい！　今すぐ準備します！」

遼のお父さんは手の平を擦《こす》り合わせながらニコニコ顔で私を見ている。私もコーヒーを準備しながら、その様子をちらちらと盗み見た。

遼のお父さんに会うは初めてだった。とはいえ、よく思っていない父や母から倉渕物産の社長は冷酷だと何度も聞かされていたため勝手に知っている気でいた。

けれどこんなふうに笑顔を見せてくれる人だとは一ミリも思っておらず、自分の抱いていたイメージとはだいぶズレがあると気づかされた。

「あの。お砂糖とミルクは」

「ミルクを少々……いや、砂糖も入れてもらおうかな。今日はそういう気分だ」

「分かりました」

父からよく倉渕はいつ見ても偉そうにしていると聞かされていたが、今のところ倉渕社長にそのような態度はみられない。むしろワクワクしてコーヒーを待っている様子は……目上の人に対して失礼かもしれないけれど、とっても可愛らしく思えた。

緊張と共に置いたコーヒーのカップを、遼のお父さんは手に取り口をつけた。

「熱っ」と言いつつも続けてまたひと口飲んでくれて、私はホッと息をつく。

しかし緊張までは和らがなかった。遼のお父さんが自分の近くに控えていた中條さんにちらりと目配せした途端、中條さんはすぐに『なにかありましたらお呼びください。失礼します』と社長室から出ていったからだ。

ふたりっきりの状態に緊張感が増していく。コーヒーも無事に届け終えたし、私もこの場から退散したい。

逃げ腰になっていたのを見透かされていたのか、前触れもなく遼のお父さんが話をし始めた。

「この前偶然、君のお父さんと道端で出くわしてね……。うちの娘をたぶらかさないでもらいたいとひどく怒られてしまったよ」

「もっ、申し訳ございません！」

苦々しい気持ちが身体の中で広がっていく。深く頭を下げてぎゅっと目を閉じそのまま動かずにいると、そっと肩に手を乗せられた。

「君を責めるつもりでここに呼んだんじゃない。顔を上げて……よかったら、その顔を私に見せてもらえないだろうか」

予期せぬ言葉に、私は戸惑いがちに顔を上げる。いつの間にか席を立ち、眼前まで来ていた遼のお父さんと、しっかり視線がつながる。

身動きできぬまま数秒後、遼のお父さんが表情を柔らかくさせた。

「まるで若い頃に戻った気分だ。君は八重ちゃんによく似ている」

「……母を知っているんですか？」

「あぁ。君のお母さんと私はね、幼馴染みだったんだよ」

物静かだった母本人からも、そして倉渕社長や息子の遼をあれほど敵視していた父からも、そんな話は一度も聞いたことがない。母と遼のお父さんの関係をお父さんは知らなかったのだろうかとも考えたけれど、すぐにそれはないなと頭の中で否定する。

私を見つめる遼のお父さんの眼差しはものすごく温かい。それはきっと私を通して亡くなった母を見ているような気持ちだからだろう。

母ととても仲がよかったんだろうなと想像し、逆に父はふたりの関係を知っていてその上で口にしなかったのではないかと思った。父が遼のお父さんを敵視し続けている根底には、この三人に関する苦い思い出でもあるのではと想像が膨らむ。

遼のお父さんは席に戻り、向かい側の席へと手を差し向けた。

「座ってくれ。君もコーヒーを飲んでリラックスして」

「……ありがとうございます」

軽く会釈をしながら向かい側の席に腰かけはしたけれど、さすがにコーヒーを飲む気にはなれなかった。この社長室の厳かな空気の中、倉渕物産の社長を目の前にしての緊張感と私自身驚きで気持ちが追いついていない状態なので、リラックスなどできるはずがない。

「遼が今お付き合いしている女性は君で間違いないかい？」

そわそわしながら視線を巡らせていると、落ち着いた声でそう問いかけられた。

ハッとし顔を向けた途端、社長の真剣な眼差しとぶつかり数秒息をのむ。

「……私は遼さんを大切に思っています」

返事をするだけでやっとだった。『はい』と返事をすればいいのにできなかった。

遼のお父さんにまで自分たちの関係を偽れなかったのだ。

静かに「そうか」と呟いたあと、遼のお父さんはコーヒーをひと口飲んだ。

「遼もいずれ結婚し、そしてゆくゆくは自分の家族だけでなくこの会社も背負って生きていかねばならん。そんなアイツをこれから妻として支えていくのも、やはり遼自身が望む女性であるべきだと思っているよ……ただね」

ふいに声音が変わり、重く鼓動が鳴り響いた。

「君のお父さんが私を嫌っているように私も……アイツを憎んでいる」

厳しい表情を見せられ、身体が強張っていく。

「なぜアイツはもっと八重ちゃんに心を寄せてあげなかったのかと、そうすればもしかしたら八重ちゃんはもっと長く……」

遼のお父さんはそれ以上言葉を続けず、気まずそうに私から視線を外した。

もっと長く生きていたかもしれない。きっとそう言おうとしたのだろう。

父の再婚は母が亡くなった一年後の話だ。再婚は幼い私のためでもあると聞かされたけれど、まだ心が前に進めていなかった私はその現実をしばらく受け止められなかった。そんな時、私はよく思っていた。父は本当に母を愛していたのかと。

「申し訳ないが、私は君の父親との間にある溝を埋められそうにもない。互いの両親がこんな状態なのだから、君はこれからずっと板挟みにあい嫌な思いをし続けるだろう」

重苦しい空気の中、私は黙って遼のお父さんを見つめ続ける。さまざまな思いが込み上げてくるけれどどれも言葉にはならなかった。

「それだけじゃない。過去にいろいろあってね、倉渕物産には西沖グループに敵対心を燃やす社員も多くいる。遼と君が結婚することになっても、君が西沖の娘である限り皆から祝福してもらえないかもしれないことを前もって覚悟しておいたほうがいい」

西沖の娘だからと求められたり、逆に煙たがられたり。これからも遼のそばにいたいと願うならば、私はそのしがらみと向き合い乗り越えていかなくてはいけない。

「いやすまない。勘違いしないでくれ。私はね、君と遼が結ばれるのを嬉しく思っているんだよ。むしろ、八重ちゃんの忘れ形見である君が倉渕の人間になると言ってくれるなら、心の底から歓迎し迎え入れよう」

昔、遼のお父さんと私の母の間にどんな物語があったのかは分からない。けれど私のお母さんを大切に感じてくれていたと、遼のお父さんの真剣な面持ちからしっかりと伝わってくる。

「話を聞くところ遼は君に惚れ込んでいるようだから、私がこんな話をしたところで冷静に受け取ることが難しいかもしれない。それなら君に直接話をしたほうがいいかと判断し来てもらったんだ。すまなかったね」

「いいえ。お話を聞かせてもらってよかったです」

首を横に振ると、遼のお父さんの顔に笑みが戻ってくる。心なしかホッとしているようにも見えた。

「しかし遼が君を攫《さら》いに行っただなんて……聞いた瞬間、変な声をあげてしまったよ」

お見合いを止めてくれた時のことだろう。遼のお父さんはくしゃりと前髪をかき上げながら、しみじみとそう言った。

「私は助かりました。あのままでは好きでもない人と結婚させられるところだったので、行動を起こしてくれた遼には本当に感謝しかないです」

「そうか。息子が役に立ったのならよかった」

遼のお父さんは目を細め、本当に嬉しそうに笑みを浮かべた。

「遼はね、昔はライバルに負けるわけにはいかないと勉強ばかりしていたが、今ではすっかり仕事人間に……あの通り、たくさん来ている見合いの話にもまったく興味を示さないから結婚などまだまだ先の話かと思っていたけれど」

頷きながら遼のお父さんが書棚を見た。

多くの本が綺麗に並べられている中、一部だけ雑然と横置きで重ねられている箇所があった。五、六冊くらいの厚みはあるだろうか。まさにそれが見合い写真だと気づけば、以前遼と交わした会話を思い出す。

見合いはしてないと言っていた。けれどしていないだけで、見合いの話は彼の下にたくさん舞い込んでいたようだ。

彼がそれらの話に見向きもしていないのは分かっていても、嫉妬で胸が痛みだす。

お父さんの言葉通り、いずれ遼は結婚する。相手は私ではなく、重ねられた見合い写真の中にいる女性かもしれないし、これから出会う女性かもしれない。その時遼は両家の親や倉渕物産の多くの社員からたくさんの祝福を受け、花嫁の隣で幸せそうに笑うのだろう。

「あぁそうだ。娘の花澄がね、君の話ばかりしているよ。なんでも君に憧れているらしく――」

遼のお父さんの言葉が徐々に耳に入ってこなくなる。

歓迎するとは言ってくれたけれど、社長の立場として別の思いもあるはず。立派な後ろ盾があるだろう見合い相手たちと、後ろ盾を捨てた上に揉め事の火種になる可能性のある私。倉渕物産の跡取り息子の結婚相手としてどちらがふさわしいかは、考えるまでもなく明らかである。

遼が好き。その思いは強くなる一方なのに、現実を知れば足元がぐらつく。これからどうすべきなのか、それを考えるのも怖かった。

「……失礼します」

再びコーヒーをどうぞと勧められても心に余裕など生まれず、結局最後までポットに手が伸びなかった。そのため少ししか軽くならなかったコーヒーのポットと使わなかったカップなどが入った紙袋をそれぞれ持って、私は社長室の扉を静かに閉めた。

緊張を解くように小さく息を吐き、その場からゆっくりと歩きだす。俯き加減で少し足早に倉渕物産を後にした。

エレベーターの前で足を止めた瞬間、ちょうど扉が開き、男性の話し声が聞こえてきた。

誰かが降りてくる気配にさらに顔を伏せた。今は誰にも顔を見られたくない。

エレベーターを出た人々が倉渕物産の出入口へ向かっていく足音が響く中、私のそばで誰かが足を止めた。

「……麻莉？」

私を呼びかけた声にドキリとした。顔を上げれば鼓動が速くなっていく。

「遼」

驚きで目を大きくさせた遼が私を見下ろしている。

「どうしてここに？」

問いかけながら、彼は私の格好と手にしている物へとすばやく視線を走らせた。答えるまでもなく、既に彼なら私がここにいる理由を察しているに違いない。

そんな予想と共に私は彼に微笑みかける。

「コーヒーの注文が入って。届けに来ました」

「注文？」

「はい。無事にお届けが済んだので帰ります」

『誰に？』と聞かれるのが怖くて、私はすばやく言葉をかぶせた。

「……またあとで。楽しみにしてるね」

男性社員がふたりほど受付付近で遼が来るのを待っている。彼らに聞こえないくらいの小さな声で、私は自分の思いを追加させる。

閉まりかけたエレベーターの扉を慌てて手で押さえつつ、それに乗り込もうとしたけれど……できなかった。遼に腕を掴まれ、少し強引に引き戻されたからだ。

「コーヒー、どこに届けた？」

遼の声は厳しく響いたが、表情は焦っているかのように見えた。

今私が言わなくても、遅かれ早かれ遼は私が誰に呼ばれたのかを知るだろう。言いにくくはあったけれど私は正直に答えた。

「……社長室に届けました」

「父さんに？」

「……はい」

返事をしながら視線が落ちていく。遼もなにも言ってこない。沈黙で気まずさだけが膨らむ。

待っている男性社員たちに「倉渕専務、どうしましたか？」と声をかけられ、私は少しだけ後ずさりする。

倉渕物産の中には西沖グループをよく思っていない人たちがいる。遼を待っているふたりもそうで、遼が引き止めている女が西沖の娘だと知ったら……。

私はここにいちゃいけないと強く感じて急に怖くなる。

「私、行きます」

身体を後ろに引き、自分を掴んでいる彼の手をなんとか振り払おうとしたけれど、放してもらえなかった。

「こら、逃げるな」

「……でも」

こちらの様子をうかがっている男性社員たちへちらりと目を向けると、遼は小さくため息をつく。

「先に戻っててくれ」

すぐに男性社員たちにそう言葉をかけた。

「分かりました」と彼らが立ち去った途端、一気に場が静寂に包み込まれた。

少しの間を置いてから、遼が私を掴む手の力を抜いた。つられて私も強張っていた肩の力を抜く。

「父さんは麻莉になんの用？」

「だからコーヒーを」

「それほどコーヒーを飲まないのにわざわざ届けさせるか？　目的はコーヒーではなく麻莉。それくらい俺にも分かる」

鋭く事実を突きつけられ、私は言葉を失う。

そっと遼の指先が私の頬に触れた。反射的に顔を上げると、綺麗な瞳がすぐそこにあった。

「呼び出された理由は俺か？」

私だけを映しているその瞳を見つめ返したまま、こくりと頷く。

「父と偶然会っていろいろ言われたみたいなの。いくら謝っても足りないよ」

「そうか。社に戻るなり佳一郎が声をかけられていたのもそれだな。アイツも父さんにいろいろ話を聞かれたんだろう」

「うん。そうかも。中條さん、私がコーヒーを持ってきた時に迎えに来てくれてたから」

「……まったく。直接俺と話せばいいのに」

天を仰ぎながら出た彼の言葉に、遼のお父さんの言葉を思い出して苦笑いを浮かべていると、再び彼の視線が私に降りてきた。

「それでなにを言われた？　父さんは西沖社長の文句やくだらない世間話をするつもりで麻莉を呼び出したわけじゃないんだろ？」

私たちの両親はお互いをよく思っていない。遼のお父さんと私のお母さんは仲のいい幼馴染みだった。重ね置かれていた遼の見合い写真。祝福されない結婚とたくさんの祝福を受けるだろう結婚。

見て聞いて感じたことが次々と脳裏に蘇ってくる。なにから話せばいいのか。どこまで話すべきなのか。そればかりが頭の中でぐるぐる回りだす。

「大丈夫か？」

がしりと肩を掴まれ、ハッとする。少しぼんやりしていた私を遼が不安そうな顔で見ている。

「大丈夫だよ！　怒られたわけじゃないから心配しないで。むしろ私歓迎されちゃった。西沖の娘ってだけで嫌われてもおかしくないのに」

私は手を伸ばし、遼の腕をぎゅっと掴んだ。

「それでね。思ったんだ……遼、あのね……」

言葉を続けようとしたけれど、すぐに私は思い直した。

「……ごめん。やっぱりあとで話すね」

「おい。気になるだろ。言えよ」

「嫌です」

受付にいる女性はこちらを見ているし、倉渕物産のオフィスからだっていつ人が出てくるか分からない。人の目があるこのような場所ではなく、ふたりっきりの時に話したい。

「麻莉！」

「麻莉お嬢様！」

ふて腐れた遼の声に続いて、よく知っている声が響いた。声のした方向に顔を向け、私は大きく目を見開く。

通路奥の扉から出てきたらしい清掃員の女性が瞳を潤ませこちらを見ている。

誰か分からなかったのはほんの一瞬だけ。それは割烹着姿ではなく清掃員の姿をしていたからだ。

「……喜多さん？」

「はい。喜多でございますよ。あぁお嬢様。お元気そうでなによりです」

慌てた足取りで女性が歩み寄ってくる。穏やかに微笑むその顔は私のよく知っているそれで、つられて涙が込み上げる。

「喜多さん……私……どうしているかと……」

声を詰まらせると、そっと喜多さんが私の手を取った。

「ありがとうございます。こうして今は清掃員として楽しく働かせていただいておりますので、もう心配なさらないでください」

「そうだったんですね」

「坊ちゃんには本当によくしていただいております」

「え？」

思わず遼を見上げれば、彼は戸惑ったように私から視線を逸らした。

ずっと気になっていた喜多さんの現状を知れてホッとしたのも束の間、ここでも遼が力を貸してくれていたと分かり、私は流れ落ちそうになった涙を指先でぬぐった。

オフィスフロアから先ほどとはまた違う男性が出てきて、「倉渕専務」と遼を呼んだ。声こそ控えめではあるが、彼とすぐに話したいというのは表情から見て取れる。

遼はまだ仕事中だ。これ以上彼を引き留めるわけにはいかない。

「遼。話は夜にでも」

そう声をかけると、遼は少し考えるような顔をしたのちニコリと笑みを浮かべ頷いた。

「あぁ。分かった」

ぽんと私の頭に手を置いてから、彼は私に背を向ける。男性と合流した遼は既に倉渕物産の専務の顔になっていて、凛々《りり》しくてカッコいい。

「倉渕物産はますます成長するでしょうね」

喜多さんが私の手を握りしめたまま楽しそうに笑う。

「私もそう思います」

彼ほど心が温かくて素敵で優秀な男性を私は知らない。

近づけば近づくほど、どんどん遼を好きになっていく。もう引き返せない。

仕事上でちょっとしたトラブルがあったらしく、結局夜に会うという遼との約束は叶わなかった。店に戻ってしばらく経ってから、遼から『ごめん』と電話があったのだ。

倉渕物産での別れ際、遼を呼びに来た男性社員の表情はとても焦って見えたし、仕事ならば仕方がないと私はすぐに納得する。『今夜のディナーの候補としていくつか店をピックアップしておいたのに』とご機嫌斜めな遼の声を聞いているだけで、私の中にあった寂しさが緩和されていくのを感じた。

次の約束も近いうちに決めようと言葉を交わしたのち電話を切った。だから今夜は自宅でひとりゆっくりする予定だったのだけれど……そうならなかった。

「ねぇ、お姉ちゃん。電話してみてよ！　そしたら遼先輩、仕事帰りにここに寄ってくれるかもしれないじゃん！」

ぼんやりとテレビを見ながら夕食を食べ終えようとしていた時、妹の美紀から電話がかかってきて呼び出しをくらったのだ。

仕事帰りに立ち寄り思い思いにくつろいでいる人々の姿が多く見られるコーヒーショップで、私はうんざりとした気分で席に座っている。

「何度も言ってるけど、仕事が立て込んでいて遼とは今日は会えないの。出張から帰ってきたばかりで疲れてもいるだろうし、こんな状況で無理させられないよ」

「えー。逆に彼女の顔を見たら、疲れなんて吹き飛ぶもんじゃないの？　お姉ちゃん、ちゃんと遼先輩の心の支えになれてる？」

その言い方にカチンときて、私は眉をひそめた。

この店に呼び出されてかれこれ一時間、美紀はずっとこんな感じである。そして今私は、美紀が遼の出張先に現れたと包み隠さず教えてくれた中條さんに心の底から感謝していた。知らなかったら、美紀の押しに負けて遼に電話をしていたかもしれない。

遼先輩、遼先輩と連呼する美紀には警戒心しか生まれない。

「ずるいよ！　お姉ちゃんばっかり！　私も遼先輩とお話ししたい！」

「ずるいって言われても」

口を尖らせながら、美紀は残り少なくなったアイスコーヒーをストローでグルグルとかき混ぜている。

「遼先輩……いいなぁ」

そして心のうちにある思いを無意識に吐露したかのような独り言を聞かされ、私はまた憂鬱さを募らせた。

遼に会って話をして仲よくなりたい。それが美紀の本音なのかもしれない。

「そうだ！　疲れてるし来てもらうのが悪いっていうなら、こっちが遼先輩のところに行けばいいんじゃない？」

「……行くって、倉渕物産に？」

「バカじゃないの!?　そんな非常識な行動に出るわけないでしょ。遼先輩の家に行くの！　どこに住んでるか知ってるんでしょ？　教えて！」

「本気？　だとしたら倉渕家に押しかけることになるけど」

遼は仕事が立て込んでいる時に利用する場所として、倉渕物産のすぐ近くの高層マンションにひと部屋借りている。彼のことだから、今日みたいな日は実家には帰らずそちらに仕事を持ち込むだろうけど……ひとりの時間をのんびり過ごしたりもするそんな大事な場所を美紀には教えたくない。

「……えっ。そうなんだ」

さすがに倉渕家に押しかけるのは無理だと考えたようだ。美紀は残念さを顔ににじませながらずずっとストローでアイスコーヒーを飲み、そして私をちらりと見た。

義理の母そっくりの冷めた目を向けられ、思わず身構える。

「あの遼先輩が選んだのがお姉ちゃんとか今でも信じられないんだけど。だって学校一の美人に告白されても彼はなびかなかったんだよ。すごく理想が高いんだと思ってたの。だから私……」

苛立ちを隠しきれなくなってきている目元から、どれだけ美紀が納得できずにいるかが伝わってくる。

遼のすごさも、自分自身が彼と釣り合っていないのも分かってはいるけれど、それを人に言われるのは面白くない。

「いつから付き合ってたの？　家を出たあと？　きっかけはなに？」

鋭く問われ、ギクリとする。

「どうやって付き合ったの？　やっぱりしつこく何回も何回も告白したの？」

見合いをしたくないと駄々をこねていた私に、遼が手を貸すと言ってくれた。その始まりだけは誰にも知られてはいけない。墓穴を掘りそうで怖くなり、私はそれに対して答えず苦笑いを浮かべるだけに留めた。

その態度が美紀は気に入らなかったらしい。顔から一瞬で笑みが消えた。

「まさか遼先輩から告白されたとか言わないよね」

声も凄味が増していく。嫉妬の混じった視線が痛い。

「遼先輩がお姉ちゃんをずっと好きだったとか、そんなわけあるはずないよね？」

学生の頃、亜由子と隅田くんが付き合いだし、遼との距離が少しずつ近づき始めていた頃、同級生が私に焼きもちをやいた。自分に向けられた嫉妬で我を忘れたような表情を怖いと感じたけれど、今目の前にいる美紀から受ける恐怖はその比ではなかった。

すべての負の感情を凝縮させたような表情と声音に、ぞくりと背筋が寒くなる。生きた心地がしない。

「ずっと好きだったなんて、そんなわけ……」

怯えで微かに指先が震えている。軽く拳を握りしめながら、私はなんとか言葉を返した。

するとと不意をつくように美紀が笑った。

「だよね。あの遼先輩がお姉ちゃんと付き合ってるってだけでも奇跡だっていうのに、ましてや遼先輩のほうが昔からお姉ちゃんを好きだったなんて。あるわけないよね！」

肩をすくめつつ明るい声で嫌味を言ってくる。

「遼先輩、お姉ちゃんのどんなところが好きなんだろう……知りたいなぁ。周りにいるいい女を上回るほどの、遼先輩が思うお姉ちゃんの魅力を」

突然、美紀が目を輝かせてこちらに身を乗り出してきた。

「遼先輩はなんて？」

「そっ、そんな話はなにも」

「あんなにロマンティックにパパや榊さんの元から連れ去ったりするんだから、ないわけないでしょ？　教えてよ！」

仮にあったとしても、自分のすべてを話せるほど美紀を信頼しているわけではない。むしろいい加減にしてほしい。早く家に帰りたい。

精神的疲労を感じながら適当に笑ってやり過ごそうとすると、美紀が私を見つめたまま目を大きくさせた。

「えっ……遼先輩って本当にお姉ちゃんとの結婚を考えてるんだよね？」

どうやら私の気の抜けた笑みを、なにも言われていないと受け取ったようだった。

「へぇ……じゃあ思ったほどじゃないのかな」

美紀はニコリと意味深な笑みを浮かべ、楽しそうな笑い声をあげた。続けて顎を反らし見下すような顔もされ、私はムッと眉根を寄せる。

「だったら近いうちにお姉ちゃんは遼先輩に捨てられるね」

「いきなりなにを」

「パパね、遼先輩とお姉ちゃんが付き合うのが本気で嫌みたいで、倉渕物産と取引のある会社にいろいろ圧力かけてるみたいだよ」

「……それって本当なの？」

美紀の言葉が、数時間前に倉渕物産で目にした光景を呼び起こす。遼を呼びに来た男性の焦った顔が急に深刻さを帯びていく。

言葉をなくした私に対し、美紀がムッと顔をしかめた。

「すべて自分勝手なお姉ちゃんが悪いんだからね。お姉ちゃんがパパとママの言うことをちゃんと聞かないで反抗ばかりしてきた報いだよ！」

私が自分勝手ならば、嫌がる私を無理やり結婚させようとしていた父や母も自分勝手ではないだろうか。それに父の怒りの原因は私の我がままだけではない。私の母と遼のお父さんとの過去の記憶がより大きく影響しているはずだ。

反論はいくつも心をよぎるのに、父が倉渕物産に圧力をかけているという事実が重すぎてなにも言葉にできなかった。

「遼先輩、パパから不意打ちくらって今頃慌ててるかもしれないね。現実が見えて、このまま付き合っていても損するだけだって悟って……それでもお姉ちゃんと一緒にいようって思うのかな？　賢い遼先輩だもん、自分や倉渕物産の将来を考えてきっぱり終わらせるかもね」

私たちの未来を決めつけるような言葉が心に深く突き刺さる。

「倉渕物産が深刻な被害を受ける前にお姉ちゃんは遼先輩と別れて、パパにしっかり謝るべきだよ。遼先輩のためにもそうするべきじゃない？」

それが最善の方法であってほしくなかった。私が父に謝れば事態は収束するという保証はないし、なにより心が遼と離れずに済む方法を必死に探している。

同意できない。そんな意味を込めて首を横に振ると、美紀がしかめっ面になる。

「あーあ。遼先輩、可哀想。お姉ちゃんじゃなくて私を好きになればよかったのに。私だったらパパからの信頼も厚いからここまで怒らせずに済んだだろうし、うまく倉渕家と西沖の橋渡しをする自信あるのにな」

結局それが妹の本音だ。そう気づけば、心の奥底に抑え込んでいた闘争心がゆらりと首をもたげた。

「遼が可哀想って思うなら、父が倉渕物産に圧力をかけてるって直接本人に教えてあげればよかったのに。賢い彼ならすぐに対策を講じてスムーズに回避できていたかもしれない。そうなれば倉渕物産は美紀に感謝するでしょうし、これを機に西沖の人間を見直したかもしれない。それこそ橋渡し役としての大事な一歩になったかも」

子供の頃から、妹とは張り合うだけ無駄だと思い続けてきた。いくら言葉を発しても私の訴えは誰にも届かなかったからだ。でも今の私には諦めたくない場所がある。後悔したくないから我慢するのはもうやめる。

「出張中の遼にわざわざ会いに行ったんでしょ？　それを教えるのが目的じゃなかったとしたら、出張先を調べ上げてまで美紀が彼に会いに行った理由はなに？」

遼と会いたがるのもいろいろ聞きたがるのも、さっきの美紀の言葉がすべてだ。私と遼を別れさせたい、自分が遼に近づきたい、自分のほうが遼にふさわしいと思っているのだろう。

私は両手をテーブルにつき、勢いよく席から立ち上がる。込み上げてくる苛立ちを隠せないまま、まっすぐに妹を見つめた。

「どんなに苦しくてもつらくても、我がままだと言われようと諦めたりしない。たとえ別れを突きつけられても、私は最後まで遼と一緒にいられる方法を探し続ける。遼の隣は誰にも譲りたくないから」

美紀にも彼は渡さない。私のその思いがしっかり伝わったのは、彼女の強張った表情を見ればすぐに分かった。

「……もうやめよう。私帰るね」

これ以上話し続けてもお互いイライラするだけなのだから、さらに会話がこじれる前に距離を置いたほうが賢明だろう。

美紀はふて腐れた顔のまま、こくりと頷き返してきた。

「美紀も気をつけて帰ってね」

別れの言葉を口にした途端、すぐにでもここを立ち去りたくなってくる。伝票を手に取り美紀に背を向け、私は足早に歩きだす。

レジで支払いをしている客の後ろに並びながら、バッグの中に入れておいたスマホを手に取った。

遼からメッセージは届いていないだろうかと確認したけれど、淡い期待はあっさりと崩れ落ちる。彼からなんの連絡もきていない。

しかし小さなため息をこぼしながらバッグに戻そうとしたその瞬間、スマホが音を奏でた。ハッと視線を落とし、そのまま動きを止める。

沈みかけていた心が嬉しさで一気に震えだす。遼から【弁当じゃなくて肉を焼いて食いたかった】と言葉が送られてきたからだ。そしてすぐに、【麻莉と一緒に】と彼の言葉が続けば、自然と笑みがこぼれた。

家でひとり寂しく済ませた夕食を思い出しながら、【私もだよ】と心に思い描いた気持ちを伝える。

レジの順番が回ってきて手早く支払いを済ませたのち【今夜、何時くらいなら電話をしても大丈夫?】と文字を打ち込み、私は店を出た。歩道を進みながら送信ボタンを押し、夜空を見上げる。

美紀に呼び出され家を出た時点で雨は既にやんでいたのだけれど、まだ歩道は濡れたまま。これからまた降るんじゃないかと思うくらい空気はとてもひんやりとしている。

家はここから歩いて十分ほど。そこまで遠くはないけれど、寒さで凍りそうな今はとてつもなく遠く感じる。遼からの返事を心待ちにして家路を急いでいると、再びスマホが着信を知らせた。

「嘘！　……はっ、はいっ！」

勝手に文字で返事が来るものだと思い込んでいたため、本人からの電話に動揺する。

《嬉しそうだな。声がはしゃいでる》

「なっ。違うよ。まさか遼から電話がくるとは思わなかったから。慌ててるだけ！」

《嘘つけ。顔がにやけてるぞ》

「にやけてな……え？」

まるで私が見えているみたいな言い方にドキリとする。

《ちょっと遠いけど、俺、麻莉の目の前にいるから》

からかってるだけだよねと思いながら周囲を見回し、彼の言葉に導かれるように前方で視線を留めた。

五十メートルくらい先、私の横を走る幹線道路の路肩に一台の車が停まっている。運転席のドアの横に佇《たたず》むすらりと細長い男性の姿に鼓動が高鳴った。

「遼……どうしてここに？」

《麻莉の家に向かってた。そしたらちょうど麻莉が店から出てくるのが見えたから》

電話越しに言葉を交わしながら遼が私に向かって歩いてくる。どちらからともなく電話を切ると、まるでそれが合図だったかのように私の足も自然と動きだす。私たちは見つめ合ったまま互いの距離を狭めていく。

「遼！」

彼の目の前で一度足を止め、大きく両手を伸ばした。

「……麻莉」

頭のすぐ上から遼の低い声が聞こえてくる。飛びつくように抱きついた私を彼は優しく受け止め、抱きしめ返してくれた。

「会えないって諦めてたから……会えて嬉しい」

美紀の話を聞いて大きくなっていた不安さえも、いつもと変わらない遼の顔を目にした瞬間、私の中で綺麗に砕け散る。

すべてを包み込むような温かな眼差しから、彼がこの関係を終わらせるために私に会いに来たわけではないのが分かりホッとする。

少しだけ冷静さを取り戻すと、彼に力いっぱい抱きついている自分の状態や、湧き上がる嬉しさと共に発した言葉が頭の中に蘇り、気恥ずかしさが沸き上がる。

「本当にごめん。ちょっと落ち着きます」

慌てて彼から身体を離そうとしたけれど、私の腰元に添えられていた彼の手に引き寄せられた。

「いいよこのままで。俺の腕の中でもうしばらく嬉しがってて」

耳元で、しかもとびきり甘い声で囁きかけられ、頬が一気に熱くなる。ほんの数秒迷ったあと私は彼の背中へ手を戻し、もう一度だけぎゅっと抱きついた。そして顔を上げ、彼と視線を合わせる。

「あの……お仕事のほうは大丈夫そう？」

「あぁ大丈夫。うまくいく」

その言葉に偽りはないだろうか。心の内をのぞき込むようにじっと彼の瞳を見つめた。

「麻莉？」

遼から不思議そうな視線を返され、私は慌てて言葉を追加させる。

「あっ……遼を呼びに来た男性の顔がすごく焦っているように見えたから心配になっちゃって。つい」

「そっか……うん。ありがとう」

そっと目を細めて、今度は遼が私をじっと見つめてくる。

その視線を受けて身体全部が熱くなる。恥ずかしさと緊張感がごちゃ混ぜになれば、もう平然とはしていられない。彼と視線を通わせるのも困難になっていく。

場の空気を変えるべくむりやり話題を捻り出した。

「ねぇ、遼はお腹空いてない……あっ。お弁当食べたんだっけ……雨、やんでよかったね……って移動は車だしそこまで気にしてない？」

盛り上がる話題を提供できない上に、ちょっぴり空回っている。

うなだれると、そっと遼が私の頭を撫でた。不思議と心が落ち着いていく。

「腹は満たされてはいるけど、心は物足りなさでいっぱいだ。一日早めに戻ってきたのはこうやって一緒に過ごしたかったからなのに、うまくいかない」

指先で私の髪の毛先をすくい上げ、彼が身を寄せる。

至近距離に彼の綺麗な顔。薄く笑みを浮かべた唇で、私の髪に口づけを落とす。こうやって私に触れたかったのだと、彼が行動でその思いを伝えてくる。

細長い指先から毛先がするりと落ち、別のものを望むように彼の視線が私を捉えた。

「麻莉」

欲しがるような響きに、身体が甘く痺れだす。

「……待って」

互いの唇と唇が重なる寸前で、私はわずかに身を引いた。

「遼に聞いてほしいことがあるの」

「え？　……あぁ。話はあとで、だったな。なんだ？」

緊張感も合わさり、さらに鼓動が速くなっていく。怖いけど伝えるなら今しかない。

深呼吸したのち、私は遼の腕を掴んだ。

「遼が力を貸してくれたおかげで私は榊さんと結婚しなくて済みました。ありがとう……だからもうこれ以上、遼は私の恋人のふりをし続けなくてもいいんだよ」

この曖昧な関係はちゃんと終わらせないといけないと強く思うのに、いざ向き合うと唇が震えだす。勇気を振り絞るように遼を掴む手にぎゅっと力を込めた。

「このまま恋人のふりをし続けたら、私たちの手に負えないくらいに話が大きくなる気がするの。いずれ遼には恋人にしたい女性や結婚したいと思える女性が現れると思うし、私のせいでたくさんの難題を突きつけられ、しなくてもいい苦労をし続けることになる。いつかきっと遼は後悔する。情に流されずもっと早めに私との関係を解消すべきだったと」

視界の中にいる遼がじわりとにじんだ。同情を誘っているようでダメだと分かっているのに涙が込み上げてくる。

「友達に戻るなら今だよ」

堪えきれぬままに涙がひとしずく流れ落ち、私は言葉を切った。

「……麻莉」

顔を俯かせた瞬間、遼が私の名を口にした。先ほどとはまったく違う硬い声音に、寂しさが湧き上がる。

「麻莉は……ここで終わりにしたいんだな」

遼の顔を見られぬまま、小さく頷き返した。

「曖昧な関係は終わらせたい……それで……それでね……」

幸せだった遼との時間を取り戻せなくても友人にすら戻れなくなったとしても、このまま幕を閉じたくない。ちゃんと気持ちを伝えたい。

また涙がこぼれ落ちるのを感じながら私は顔を上げる。ひどく苦しげな遼の顔にほんの一瞬たじろぎながらも、思いをゆっくり言葉に変えていく。

「私は……遼とここからまた新しく始めたいの……もっとちゃんと……」

しっかりと見つめ合えば、私たちの時間だけがわずかに止まった。道路を駆け抜けていく車のライトが互いの横顔を照らし、ふたつの影を浮かび上がらせる。

途切れた言葉を再びつなぎ合わせようとした瞬間、女性の笑い声が響き渡った。

瞬時に覚えた不快さが嫌な予感を募らせる。ぎこちなく声のしたほうを振り返り見て、短く息を吸い込んだ。

少しだけ私たちから距離を置き、美紀が立っている。好ましくない事態に視界がくらりと揺れた。

「やっぱりね。遼先輩がお姉ちゃんを相手にするなんてありえないもん。でも恋人のふりをしていただけっていうなら納得！」

「み、美紀」

「秘密にしといてあげてもいいよ。パパにも、もちろん倉渕社長にもね……ただし金輪際お姉ちゃんが遼先輩と関わらない、迷惑をかけないって約束してくれるならだけど」

お父さんだけでなく倉渕社長の名も上げ、私の嫌がるポイントを確実についてくる。ニコニコ笑っているのに、私には美紀の顔がとても恐ろしく見えた。

「ねぇ、お姉ちゃん！　恋人でもなんでもないんだから、さっさと遼先輩から離れなよ」

強く言われ、遼の腕を掴んでいた手が微かに震える。この手を離したら遼とはもう会えないような気がした。

自分の思いを遼に伝えていないのに、こんな形で終わりを迎えたくない。まだ彼と離れたくない。

「麻莉」

突然、遼に力強く抱き寄せられた。驚くと同時に唇に柔らかな感触が押し重ねられる。

遼が私にキスをした。しかも荒々しく奪うようなキスを。

美紀がそばにいるというのに口づけは止まらない。私はただただ翻弄されてしまう。

「まっ、待って」

「待つかよ。これ以上お預けはごめんだ」

「……遼っ」

彼との口づけに身体は素直に反応する。それを隠しておきたいのに、彼の名を呼ぶたび声が甘さを増し息も徐々に上がりだす。

「やめて！　そのキスになんの意味があるっていうのよ……恋人、ましてや思い合ってすらいないくせに！」

怒りに任せて乱暴に投げつけてきた美紀の言葉がほんの一瞬、遼の動きを止める。

視線を上げ、美紀を鋭くにらみつけた。

「キスの意味？　見ても分からないなら特別に教えてやる。俺は麻莉が可愛くて仕方がない。差し出した俺の手を彼女が掴んだその瞬間からもう、手放す気なんてさらさらない。誰にも渡さないし逃がしもしない。これからも変わらず麻莉は俺の女だ」

鼓動が大きく高鳴った。

恋人のふりをし続ける必要はもうないのだから、今のは偽りではなくすべて本当の気持ち。そう思っていいはずなのに、驚きと戸惑いが邪魔をして嬉しさを素直に受け止められずにいる。

強い意志を持って告げられた言葉に、美紀が表情を強張らせた。信じたくない。聞き間違いであってほしい。そんな顔で私たちを見ている。

「分かったか？」

続けて彼の手が私の頭に乗せられる。先ほどとは違う優しく言い聞かせるような言葉は私へのものだ。

ちょっぴり呆れたような笑みを浮かべて、遼が私を見下ろしている。その微笑みを見てやっと実感が湧いた。喜びが身体の中で一気に広がり、私も笑顔になる。

「行くぞ」

肩に回された手にそっと押され、私は遼と共に歩きだす。

「遼先輩！」

しかし、すがるような美紀の声音に私たちの足が止まる。

「西沖家の後ろ盾なんてないに等しいお姉ちゃんでは遼先輩のプラスになれない。それにこのまま一緒にいたら、パパの怒りだっておさまらない。それがなにを意味してるか分かりますよね？」

私をそばに置き続ける限り、西沖グループによって倉渕物産は多方向から圧力をかけ続けられる。美紀の言いたいことはそれだ。

遼は私を選んで本当に後悔しないだろうか。

幾度となく思い悩んだ苦しさが、また頭をよぎっていく。

車が途切れ静まり返っている夜気の中、ふっと遼の笑い声が響いた。

「そっちこそ、誰に喧嘩売ってるのかよく考えたほうがいい……まぁ後悔したところでもう遅いけどな」

風向きは既に倉渕に有利な方向へと変わっている。そんなふうにもとれる言葉と自信たっぷりな微笑みに、美紀は悔しそうに唇を震わせる。

「麻莉」と私を呼ぶ声が合図となり、私は再び遼と一緒に歩きだす。後ろで立ち尽くしているだろう美紀が気になり肩越しに振り返ろうとすると、肩に乗せたその手で彼が私を引き寄せた。

「……前だけ見て、俺についてきて」

私は頷き返し、視線を前に戻す。

遼が手を引いてくれるなら、どこへでもついていく。あなたが創る世界で私は生きていきたい――。

四章　思いの強さ

走りだした車は滑らかにスピードを上げていく。

そして十五分後、車は遼が借りているプライベート用マンションに到着し、私たちはそのまま高層階に位置する彼の部屋へと移動する。清掃会社を通して部屋の掃除を喜多さんにお願いしたという遼の話で盛り上がりながら、エレベーターから廊下、そして玄関から室内へ進む。

廊下を過ぎれば十五畳はあるだろう広いリビングがあり、リビングの東側にはもうひと部屋、遼の仕事部屋につながるドアがある。

遼はローテーブルの上に鍵を置き、やっと一日が終わったというように長く息を吐く。

身体の力を抜きリラックスする遼と同じように、私も張りつめていた気持ちが楽になっていくのを感じた。ここを訪れるのは三回目ではあるけれど、この一室は私にとっても落ち着ける場所になりつつあるのかもしれない。

ホッと息を吐くと、自然と足がソファーに向かう。しかし座ろうとした瞬間、遼に真後ろから呼びかけられた。

振り返ると同時に慌てだす。身構えるよりも先に遼が私を抱きかかえ上げたからだ。

「遼？」

「お互いまだちゃんと言っていないことがあるだろ？　触れ合いながらゆっくり話そう」

甘く囁いたその唇で、私の唇を軽く奪う。私を横抱きにした状態で、彼は器用に仕事部屋のドアを押し開けた。

電気をつけていなくても、窓から差し込む月明かりがデスクの上に重ねられた実用書の本や壁に飾られた風景画、そして窓際に置かれたベッドを浮かび上がらせる。

「麻莉が結婚するって聞いて、ショックを受けた自分がいた。失いたくないって強く思ったあの時、俺は麻莉が好きなんだって気づかされた」

ベッドの上に降ろした私に覆いかぶさるように遼が身体を倒してくる。キスを繰り返しながらジャケットを脱ぎ捨て、小気味よい音を立ててネクタイを外す。

「自分の気持ちを素直に受け止めたらどうしようもないくらい麻莉が愛しくて、欲しくてたまらなくなって……けど翌朝、俺の前から麻莉が去って目の前が真っ暗になった。このまま手の届かないところに行ってしまいそうで怖かった。榊の顔を思い出せば、渡すもんかって嫉妬で正気を失いそうにもなって……自分の感情をあれほどコントロールできなくなったのは初めてだった」

彼の手によって肌を露わにされる。

乱れるのは服だけじゃない。熱い吐息に吐息を返し、触れる指先に身体をよじり、なぞり上げる舌先に甘い声をあげる。私の身体は彼のすべてに反応し、どんどん淫らになっていく。

「いや。今もそうかもな。麻莉に触れると冷静でいられなくなる。もっと甘い声を聞きたくて、もっともっと可愛がりたくて仕方がなくなる」

私の肌に赤い華を刻むように、遼が口づけを落とす。

「……遼」

熱っぽく呼べば、彼が互いの唇を優しく重ね合わせた。私をじっと見つめる眼差しはとても艶めいている。それに真摯さも感じられ、彼の本気がより深く伝わる。

私は彼の背中に手を回し、ぎゅっと抱きついた。

「私が倉渕物産にとって歓迎されない存在なのは分かってる。遼と倉渕物産の将来を思うなら、後ろ盾を期待できない私は身を引くべきだってことも」

声を震わせながら思いを紡げば、遼が「麻莉」と呟いた。続けてなにかを言おうとした彼に「それでも」と言葉をかぶせた。

「私、遼が好きなの。本物の恋人になりたい。遼に愛されたいの。こんな私をすべて受け入れてくれますか？　後悔しませんか？」

自分の気持ちを伝えきると、遼の手が私の頬を撫でた。彼がわずかに首を振る。

「後悔なんてするわけないだろう」

少しだけ怒ったようにも聞こえるきっぱりとした返事に、涙が込み上げてくる。しっかりとつながった心の中で嬉しさが広がった。

「西沖家の後ろ盾？　そんなの必要ない。むしろ邪魔だろ。欲しいと思う女も、結婚したいと思う女も麻莉だけ。俺は麻莉が欲しい。不安はすべて跳ね返してみせる。だからなにも心配せず、無邪気に俺に甘えていればいい」

最後に彼は微笑みを浮かべ、私にキスをした。

「俺が麻莉を幸せにする。愛してる。結婚しよう」

優しくて温かい遼の甘い囁きに涙がこぼれ落ちた。彼の身体を引き寄せて瞳を閉じ、熱い口づけを受け止める。

「はい、喜んで」

幸せを噛みしめながら私は笑みを浮かべた。

営業時間を終えて入口に立てられた店の立て看板を店の中に運び込もうとしていると、掃除を済ませた矢島さんがゴミ袋を手に歩み寄ってきた。

「忙しかったですね、疲れました」

「そうだね。今日もパンケーキ、売れたもんね」

デザート系に力を入れろと上から……おそらく遼が指示を出した。そこでパンケーキの改良を重ねた結果、もっちりとした生地に濃厚な生クリームとカスタード、そして苺もふんだんに添えられることに。味はもちろん、見た目の可愛らしさが女心を掴み、売り上げが跳ね上がったのだ。

倉渕物産での仕事も山のようにあるだろうに遼はこの店のオーナーとしての役目もしっかりとこなし、こうして結果に結びつけている。昔から優秀だった。勉学からビジネスにステージが変わっても、彼の秀逸さは際立ったままだ。

遼の本物の恋人になって二週間。仲が深まれば深まるほど、どんどん彼のよさが見えてきて、そのたびもっともっと好きになっていく。容姿端麗で仕事もできて面倒見もよく実直で、すべてにおいて完璧な男性である彼に愛しさだけでなく尊敬の念も抱いている。

「西沖さん、今彼氏のこと考えてますね」

矢島さんがうっとりとため息をついた。なぜバレたのかと目を大きくすると、彼女から「口元が笑ってます」と指摘を受けた。続けて首元を指さされ、私は反射的にネックレスに触れる。

「それも彼氏からのプレゼントですよね。いいなぁ。ハイスペック彼氏」

彼女の鋭い洞察力に苦笑いを浮かべた。

言われた通り、これは遼が私にくれたものだ。以前もらったピアスをつけてデートをしていた時、貴金属店のショーウィンドウに飾られていたこのネックレスに目がとまった。可愛いなと思いながらもそのまま通りすぎようとしたけれど、遼が私の手を掴み取り店内へと進路を変えたのだ。

ピンクダイヤモンドを中央にあしらったフラワーモチーフのそのネックレスは、可愛らしいだけでなく高級感もしっかりと漂わせている。

値段は私の給料一ヶ月分でも全然足りないけれど、店員と少しの会話を交わしたのち、遼は『いいね。これ麻莉に似合う』と満足そうに笑って、さらりと購入を決めた。

突然のプレゼントに戸惑いを隠せない私に、遼は『今気に入らなくても、そのうち絶対気に入るから。受け取れ』と言った。

彼はあくまでもこの買い物は俺の意志だと主張したけれど、本当の理由はきっと私が物欲しそうな顔をしていたから。これから気をつけようと反省したのも束の間、遼は服やバッグ、それから靴までも『麻莉に似合う』のひとことで次々と購入していく。

そのすべてが私の意見を聞かずに買っているというのに、私が可愛いなとか素敵だなと感じる物を遼は見事に見抜いていた。

最後の頃になれば、それはもちろん偶然ではなく遼が私の好みをしっかり把握したうえでの選択なのだと分かってくる。食事だってそう。私が好む選択肢をそれとなく与えてくれている。

私はそれに最近やっと気づけたけれど、きっと昔からさりげない配慮があったに違いない。

矢島さんは私の背後を見て笑みを浮かべた。

「……あっ。噂をすればハイスペック彼氏」

小声で私にそう言ってゴミ袋を掴み直すと、そそくさとその場を離れていく。

振り返ると、中條さんを引きつれこちらにやってくる遼の姿があった。私は持っていた立て看板を足元に降ろし、遼に身体を向ける。

「店長ならスタッフルームにいますけど……呼んできますか？」

私の前で立ち止まったまま店内に目を向けている遼に声をかけると、彼はゆるりと首を振った。

「いや。今日は寄らずにこのまま社に戻る」

「そう……」

呟くと共に私は首をかしげた。遼がその場から動かず、私をじっと見つめているからだ。

店長に用事があって来たわけではないとしたら、私になにか用があるのだろうか。瞬きを繰り返す私へと彼がそっと手を伸ばし、首元を飾っているダイヤモンドを指先ですくい上げた。そして満足げに笑う。

ほら似合ってる。そう言われたような気がして頬を熱くさせていると、遼の後ろにいる呆れ顔の中條さんと目が合った。

「倉渕専務。いつまで自己満足に浸っているつもりですか？　麻莉さんはまだお仕事中のようですし、早めに要件を伝えて退散したほうがいいのでは？」

「自己満足言うな」

遼は噛みつくように反論しながら、中條さんが差し出してきた紙を掴み取る。

「これ。仕事が終わったら目を通しておいてくれ」

そのまま紙を私に押しつけてきた。

受け取った紙は五枚ほどあった。一枚一枚確認して私は動きを止める。すべてに物件の間取りが描かれていたのだ。

「……こ、これは？」

「これから麻莉が暮らす場所の候補だ」

これから私が暮らす場所？

ピアスに洋服、バッグ、靴、ネックレス……。彼がさらに家まで与えようとしていることに紙を持つ手が困惑で震える。

「ドン引きされてますよ。でも仕方ありませんね。今以上に麻莉さんのプライベートに干渉する気満々なのが透けて見えますからね。ほのかな狂気を感じます」

中條さんに茶化されて遼はムッと顔をしかめた。その顔のまま、うかがうように私を見たため思わず苦笑いする。

「狂気なんて感じてないけど……でも私、今の家に満足してるから引っ越す必要なんてないよ」

物件情報の紙を遼に返そうとしたけれど、すぐに手を押し戻された。

「俺が借りてるあの部屋、最近手狭に感じるんだよ。だから引き払ってもう少し広いところを借りようと思ってる。で、これが候補」

「……なっ、なんだそういう話ね。びっくりさせないでよ！」

新しい部屋を決めるのに私の意見を参考にしたいのなら話は違ってくる。意気揚々と物件情報に視線を落とした。

「広いねぇ」

今彼が借りている部屋は１ＬＤＫだけど、受け取った紙に書かれている部屋はすべて３ＬＤＫである。

「あぁ。実家を出る予定だし、どうせならふたりで住んでも充分な広さがあったほうがいいかと思って」

「……え？」

仕事部屋と寝室を分けて、あともうひとつは趣味の部屋にでもするつもりなのだろうと考えていたから、追加の情報に再び唖然とさせられる。

そんな私の顔を見て遼がふっと笑みを浮かべた。

「なんて顔してんだよ。いつかは一緒に暮らすんだ。だったらそれが今だとしてもいいだろ」

一緒に暮らす。彼の言葉を心の中で繰り返すと、トクリと鼓動が高鳴りだす。

「気に入ったのがあれば夜に内見可能だ。俺の仕事が終わるまでにじっくり見て選んでおけ」

「……うん」

私、本当に遼と一緒に暮らすの？

信じられなく思う一方、徐々に嬉しさが膨らみだす。たまらず微笑みかけたら、遼が心なしかホッとしたような顔をした。

「よかったですね。囲い込み成功です」

「黙ってろ」

遼と中條さんのやりとりに小さく噴き出した時、ポケットに入れていたスマホが振動した。途切れず震え続けるそれを慌てて掴み取り、眉根を寄せる。実家からの着信だったからだ。

見合いの日以来、実家から一度も電話はかかってきていない。突然の電話に嫌な予感を覚えてしかめっ面をしていると、遼が「どうした？」と私の横に並んだ。

「実家から電話」

素直に打ち明けたところで着信が途切れたけれど、ホッとする間を与えてはくれない。再びスマホが着信を知らせる。同じく実家からだ。

私だけでなく遼も、警戒するような顔つきになっていく。

「……私になんの用なのかな」

「出てみたら？」

「……うん……でもなんか怖い」

気になるなら電話に出て要件を聞けばいいだけの話だが、遼に恋人のふりをしてもらっていたのが美紀にばれているため、『いい話かも』なんて楽観視はできない。なにを言われるのか怖くて仕方がない。

スマホを見つめたままなかなか電話を受けることができずにいると、もうひとつこの場に着信音が響き渡った。

その音に反応したのは中條さんだ。さっと取り出したスマホを見て一瞬動きを止めたのち、ちらりと遼に目を向ける。その行動に「ん？」と視線を向けた遼にはなにも言わないまま、中條さんはスマホを耳に押し当てた。

「はい。――ええいらっしゃいますが。――分かりました。今専務と代わります」

そう言ってスマホを両手で持ち直し、遼へと差し出してくる。

「社長からです」

告げられた相手に私たちは顔を見合わせた。

私は実家から、そして遼は父親から、同じタイミングでの電話に警戒心が働きだす。偶然なんかじゃない。電話の向こう側が一本の線でつながっているようにしか思えない。

同じ予感がしたのか、遼が表情を引き締める。そして中條さんからスマホを受け取った。

「はい。代わりました」

挑むような彼の声を聞き、私も心を決める。震える指で自分のスマホをタップした。

「麻莉」

名を呼ばれハッと顔を上げた。料理が載ったテーブルの向こうには遼が座っていて、少し心配そうな顔でじっと私を見つめている。

「大丈夫か？」

「ごめん。考えれば考えるほど、不安になっちゃって」

情けないくらい不安でいっぱいな自分に対して自嘲する。

店の前でかかってきた倉渕社長からの電話を受け、遼はそのまま中條さんと共に倉渕物産へ戻っていった。そしてその一時間後、私たちは待ち合わせの場所で落ち合い、こうして夕食を食べている。

私に実家から電話をかけてきたのは父親だった。緊張を隠せぬまま用件を聞いたら、『不本意ではあるが、今度の土曜、倉渕と会う。お前も予定を空けておくように』という言葉が返ってきたのだ。

詳しい説明を求めた私にそれ以上の言葉はなく、一方的に電話は切られた。

だから私が詳細を知ったのは、遼と落ち合ってからである。

遼のお父さんが私のお父さんに、お互いの子供たちのために逃げずに向き合い腹を割って話をしないかと持ちかけた。自分たちのいがみ合いが私たちの未来を捻じ曲げていると考え、割り切れない気持ちもたくさんあるだろうに決心してくれたのだ。

「私たちのことを思って行動を起こしてくれたのに、父と会ったら遼のお父さんに嫌な思いをさせてしまいそうで怖い」

「そんなのお互い様だろ。気にするな」

遼はゆるりと首を横に振り、穏やかに微笑みかけてくる。

フランボワーズのアイススフレをひと匙《さじ》すくい上げるけど、小さく息を吐きスプーンをデザートグラスに戻した。

「私のお父さんね、遼のお父さんに嫉妬してるんだと思う」

父から感じたものを思いきって打ち明けたら、『そういえば』といった様子で遼が「あぁ」と呟いた。

「うちの親父と麻莉の父さんって、学生の頃お互いをライバル視していたらしいな。いちいち競い合ってたって」

「本当に?」

私の問いかけに、遼は軽く頷きながらワインをひと口飲む。

「若い時からずっといがみ合ってたのかも。……ねぇ、亡くなった私のお母さんが遼のお父さんの幼馴染みなのも知ってる?」

「いや初めて聞いた。幼馴染みか」

「なんとなくだけどさ……お母さんと遼のお父さん、仲よかっただろうなって」

愛情を抱くほどの関係だったのか、それとも友情という強い結びつきでつながっていたのかまでは分からないけれど、この前母の話をしてくれた時の遼のお父さんの表情は確かな優しさに満ちていた。

「いろんな感情が複雑に絡み合ったうえでのライバル関係だったのかもしれないな。麻莉のお母さんが亡くなって、わだかまりがさらに根深いものになり今に至る、かな」

私は遼の予想に頷き同意してから、「でも」と続ける。

「遼のお父さんが歩み寄ろうとしてくれても、私のお父さんの反発は変わらないかも。それに美紀のこともあるし、どうなるか不安」

美紀が父たちに話をしたかどうかは、さっきの電話だけでは判断がつかなかった。

「麻莉。不安になるな、大丈夫だから」

「……遼」

不思議だった。あんなに不安だったのに、彼の冷静で力強いひとことで恐れが和らぎ、徐々に落ち着きを取り戻していく。

「俺はこれをいい機会だと考えてる」

「いい機会？」

「麻莉をくださいと言うつもりだ」

思わず両手で口元を覆う。呼吸を止めたまま遼と見つめ合った。

「誰になにを吹き込まれていようが関係ない。俺の気持ちはひとつだけだ。どんなに邪魔されようと俺は麻莉と結婚する」

ワイングラスを再び手に取り、遼は私に掲げてみせた。

「麻莉は俺に奪われる心構えだけしてろ」

ニヤリと笑ってからワインを口に含む彼を、頬を熱くさせながらじっと見つめる。

どんな状況でも彼は自信たっぷりに笑うだろうし、私もその微笑みに背中を押され前を向いて歩いていくのだろう。

遼と結婚したい。

なにがあっても私を必要としてくれる彼のそばにいようと決心した。


金曜日の夜。私は父に呼び出され、高級アパレルブランドの店舗内にあるＶＩＰルームにいた。

「アイツらが一目置くほど見栄えのする服ならなんでもいい……さっさと決めろ」

当日私にみすぼらしい服を着てこられては自分が恥をかくと考えたらしい。私をそれなりに着飾らせれば値段は問わないと大きな態度でソファーに座っている父に、私はため息をつく。

父の意見を反映させてスタッフが持ってくる服は私には派手なものばかりである。

そんな中、私はハンガーラックの隅のほうにかけられている小花模様があしらわれた水色のノースリーブのワンピースに触れる。

これは最初の頃にスタッフが『どうですか』と持ってきてくれたものだ。正直原色などを使ったものや露出が高めな洋服より、この服のほうが私は好きである。

だからこれがいいと主張したのだけれど、それでは控えめな印象を与えるからと父によって即座に却下された。

父が望んだ服は私には毒々しく見えた。このままでは着せられた感満載で遼や遼のお父さんと会うはめになる。

私を見て遼はきっと、一目置くどころか『似合わない』と鼻で笑うだろう。憂鬱だ。

ハンガーラックに戻された小花模様のワンピースを見つめていると、対応してくれている店員のうちのひとりが私の元へやってきた。

「お嬢様、こちらではいかがでしょう」

私にオレンジ色のワンピースをあてがわれると、すぐに父のそばにいる店長の女性が「お似合いですよ！」と褒め称える。チームワークは抜群。

ベロア生地のそれは裾がアシンメトリーになっていてラインは綺麗だと思うのだが、キャミソールタイプだからか可愛いというよりはセクシーだ。

「ピンクもありますよ！　わぁ！　すっごくいいです！　素敵ですよ！」

もう片方の手に持っていた色違いのものも、店員は意気揚々と勧めてくる。しかしいくらおだてられても、パーティーならともかく結婚を考えている相手やその親との顔合わせの場に着ていく服装ではない。

「こういうのは私にはちょっと……妹のほうが似合いそう」

ふと美紀の顔を思い出しポツリと口にすると、すぐに店長が私の呟きに反応した。

「そうですね。美紀さんもとてもよくお似合いになられると思います。この前いらっしゃったのは確か一ヶ月ほど前でしたね。あの時は――」

そして前回、美紀が来店した時の話をし始める。

美紀はよく両親と一緒にこの店に来ているようだ。店に入れば多くの店員たちから『いつもありがとうございます』と声がかかったし、この部屋に通された時だって父は勝手知ったる様子だった。

対して私はこの店は初めてで、VIPルームも遼と入ったお店でなら経験があるけれど、家族では一度もない。

「麻莉お嬢様もこれからはぜひご一緒にいらしてくださいね」

西沖家の内情を知らないのだから仕方がないのだけれど、「ぜひ次はご一緒に」と繰り返す店長の言葉を私は曖昧に笑って流すしかできなかった。

「センスのいい服だ。見栄えもする。それでいい」

決まりだと父が言い放つと、店長が瞳を輝かせて「お色はどちらがよろしいですか？」と話を進めようとする。

「ちょっと待ってください。場が場なのだしもう少し落ち着いた服装で行くべきじゃ？」

再び私にワンピースを合わせようとした店員の手をそっと押し返し、改めて父に訴えかけた。

「遼だけならまだしも、遼のお父さんだっているわけだし」

そのひとことで店員たちは私がなんの目的で服を買いに来たのかを察したのだろう。

「まぁ」とさらに目を輝かせ始めた。

「それならそうと、もっと早くおっしゃってくだされればよかったのに。そうですね、でしたら……」

店長が店員にお薦めの服を集め持ってくるよう指示を出すのを見て、父が大きくため息をついた。早く帰りたそうな顔だ。

「待て。それでいいと言ってるだろ。あちらから頼み込まれたから話をするだけだ。もちろん話をしたところで倉渕に娘をやるつもりはない」

「お父さん！」

「着飾ったお前を見せつけられればそれでいい。あの生意気な親子が悔しがったらなおいい」

私の隣にいる店員がくすくす笑いながら「大事なお嬢様を手放したくないのですね」と小声で話しかけてきたけれど、父の近くにいる店長さんは口元を強張らせている。

「失礼ですが、麻莉さんのお相手の男性は……あの……もしかして倉渕物産の……」

倉渕物産というワードが出た途端、父は盛大に顔をしかめた。

まさかといった様子で店長の視線がこちらに向けられたため、私は笑みを浮かべる気力もないまま小さく頷いた。

その瞬間、店長は大きく目を見開いた。

「そっ、それは大変。倉渕様にも大変贔屓《ひいき》にしていただいておりますし、私どもも精一杯頑張らせていただきます」

店長の焦り具合で店員も気づいたのだろう。再び先ほどと同じ指示を出されても慌てふためくだけで、なかなか次の行動に移れずにいる。

「おい！　倉渕だからなんだっていうんだ！　服はもう決まった！」

倉渕の名が出て店員が動揺しだしたのも、父は気に入らないらしい。苛立ちの声をあげた。

収拾がつかなくなりそうな予感にため息をついた時、コンコンとノックが響いた。

「失礼します。美紀様がお見えになりました」

室内の声に戸惑いを見せながら、戸口で店のスタッフがそう告げた。

父の表情を見る限り美紀からはなにも聞いていないのが分かり、私はすっかり安心しきっていた。だからこの突然の来訪にパンチをくらったような気分にさせられる。

「来ちゃった～！」

私の不安をよそに、スタッフの後ろから美紀が顔を出した。そして室内の状況を流し見したあと、父に向かって膨れっ面をする。

「ひどいよ！　お姉ちゃんとだけ買い物に来るなんて」

「あぁ美紀。悪かった」

父はソファーから腰をわずかに浮かし、しまったと困り顔をする。

「悪いと思ってるなら、私にもなにか買って！」

「仕方ないな。分かった。お前も好きなのを選べ」

美紀は「やったー！」と手を叩きながら嬉しそうに父へ歩み寄り、「パパ大好き」とぎゅっと抱きついた。

「お前を連れてきたらふたり分の買い物に付き合わなくてはいけなくなるからあえて教えなかったというのに、まったくお前は」

美紀には物腰の柔らかい父を腹立たしく思う傍ら、甘え上手な美紀がちょっぴり羨ましい。

ふふふと笑いながら美紀は父から身体を離し、私に目を向けた。表情や視線の温度が下がったのを感じ、私は気持ちを引き締める。

「お姉ちゃん。なにを買うか決まった?」

「……まだだけど」

「そうなんだ」

美紀はおもむろに私から顔を逸らし歩きだすと、並べられている服やバッグにアクセサリーなどを気の向くままに眺め始める。

「倉渕様は、お嬢様によくご来店いただいているのですが、一度だけお兄様と一緒にお越しくださいまして」

父のそばにいた店長がいつの間にか私の隣に立っていた。逆に先ほどまでそばにいた店員は持っていたベロア生地のワンピースをハンガーラックにかけて、この場を離れていく。

このまま難を逃れられるかもとホッとしたのも束の間、店長が再びそれを手にしたため、思わず口元が引きつった。

「その時お顔を拝見させていただきましたが、とても素敵な方でした。麻莉さんもとても可愛らしくて、おふたりはお似合いのカップルですね」

「……ありがとうございます」

そう言ってもらえてとても嬉しい。本当はもっと喜びたいのだけれど、父、なにより美紀のいる前でそれはできなかった。

「本当ですよね。遼先輩、とっても素敵ですよね」

すぐ後ろで発せられた声にギクリとし、そしてにこやかな顔で会話に割り込んできた美紀に息をのむ。

「でも遼先輩がいいのは顔だけじゃないんですよ。頭もいいし背が高くてスタイルも文句なしだし運動神経だって抜群だし、それからちょっとクールなところも乙女心をくすぐられるっていうか」

嬉しそうに言葉を並べていく美紀に、店長はわずかに困惑の表情をのぞかせる。

無理もない。自分の恋人のような口ぶりで、姉の恋人をべた褒めしているのだから。

「す、素晴らしい方なんですね。麻莉さんが羨ましいです」

「ほんとお姉ちゃんが羨ましい」

無難な褒め言葉で会話を終わらせようとしたみたいだけれど、美紀に辛辣な声で続けられ、店長はとうとう表情を失う。もはやどんな言葉も怖くて言えないようで、唇を微かに震わせ気まずそうに視線を行ったり来たりさせている。

その反応につまらなそうな顔をしたあと、美紀は「わぁ！」と明るく笑う。そして店長が持っているオレンジ色のベロア生地のワンピースに手を伸ばした。

「お姉ちゃん、これにしたの？　すごく可愛いんですけど！」

強引に美紀にワンピースを奪い取られ、店長は微妙な笑みを浮かべた。

西沖家の買い物風景が見えたような気がした。ここに母がいてもきっと同じだろう。父はずっと横柄な態度でソファーに座り、美紀はひたすら店員を振り回し、母が率先して美紀を褒め、それに店員がならう。きっとそんな感じだ。

私は気を取り直し、美紀に向かって首を横に振る。

「まだ決めてない。お父さんはそれがいいってずっと言ってるけど私は……」

「えー。そうなんだー。いいなぁお姉ちゃん。私もこれ欲しい！」

自分の身体にワンピースを合わせながら、美紀は鏡の前へ進んでいく。そしてその場でくるりと一回転して、満足そうな顔をする。

「待ちなさい美紀」

「いいじゃん、おそろいで買ったって！」

「だがな。それは明日——」

「別に買ったところで私は明日着るわけじゃないんだし。なんの問題があるのよ！　お姉ちゃんは似合うけど私には似合わないとか、パパはそう言いたいの？」

父は威厳を保とうとするけれど、やっぱりかなわない。話の主導権は美紀がたやすく手にした。

「それは美紀が買うといいよ。私より美紀のほうが似合うから」

なにも言い返さない父に呆れつつ、私はハンガーラックに歩み寄り自分の好きなほうを手に取った。

「お父さん、私はこっちにするね」

父を振り返り、小花模様のワンピースを自分にあてがってみせた。

自分の思い描いたようにいかなかったからか、父は表情をひどく強張らせて私を見ている。

怖い顔をしたところで無駄だ。私だってここは自分の意見を通させてもらう。

「本当に⁉　お姉ちゃんありがとう！　私はこれ！　このオレンジ色にするね！」

自分の希望通りに事が運んだ美紀は嬉しそうに声を弾ませたが、私が手にしているワンピースを目にした途端、信じられないといった様子で瞳を大きくさせた。

「……えっ。お姉ちゃん本気⁉　それ……すっごく地味じゃない⁉」

「そんなことないよ。私は可愛いと思う」

「地味だよ！　そんなんじゃ、地味な女を選んだって遼先輩が笑われちゃうじゃない！」

　地味を連発され、店長さんは口元を引きつらせた。もう微笑みすら保てないらしい。

「お姉ちゃんが着ないなら私が着ちゃおうかな。このままじゃ、明日はお姉ちゃんより私のほうが目立っちゃうけど仕方ないよね。これを着ていったら遼先輩はどう思うかな」

　美紀は改めて鏡と向き合った。そこに映る自分に真剣な眼差しを向けてから、私と私が持っているワンピースを確認するようにちらりと見て嬉しそうに微笑んだ。

　明日の集まりはお互いの父親、そこに遼と私を交えての四人だけでを期待していたけれど、どうやら無理そうだ。美紀の口ぶりから察するに、明日は父についてくるつもりらしい。もちろん、そのオレンジ色のワンピースを身に着けて。

　彼女が気にしているのは私と自分のどちらがよりよく見えるか、遼がどちらを可愛く思うかだけ。

「私は私が着たいものを着ていくから、美紀も好きにしたらいいよ。たとえ私がどんなに地味な格好で行ったとしても、それで周りに笑われたとしても、遼はちゃんと受け入れてくれるから大丈夫」

明日だけじゃない。これから先、誰かに私が地味だとののしられようとも、遼は胸を張って私を恋人だと言い続けてくれる。私たちの関係は偽物なんかじゃない。正真正銘の恋人なのだから。

「……へぇ……そう」

美紀が表情を変える。にこやかさなどどこにも見当たらない。きっと今の私も美紀には同じように見えているはず。

どんなに邪魔されようと、遼は渡さない。

私はそう強く心に誓った。

「……着いたから切るね」

《分かった。またあとで連絡入れる》

「うん。待ってる」

遼の優しい声に落ち着きを取り戻しながら、私は電話を切りスマホをバッグの中にしまう。

タクシーが左折し、ホテルの玄関前へと進んでいく。車窓の外には、倉渕親子と会う予定のハイクラスのホテルがそびえ立っている。

待ち合わせは午後二時。今はまだ正午を回ったばかりだ。

昨日の帰りがけに、『身なりをきちんと整えられるよう人に頼んであるから』と父が言った。だから私はメイクやヘアのセットをしてもらうため、二時間ほど早くここに来るはめになった。父はどこまでも遼のお父さんに隙を見せたくないらしい。

タクシーを降り、ホテルの玄関をくぐり抜ける。

来いと指示された時間ぴったりの到着のため、既に一階ロビーのどこかで斉木さんが私を待っているはずである。彼女の姿を捜しながらロビーを歩いていると、清掃員姿の女性が私の前を通りすぎようとし、足を止めた。

つられて私も立ち止まり、驚き固まった。伏せていた顔を上げてニコリと笑いかけてきたその女性が喜多さんだったからだ。

名を呼ぼうとした瞬間、喜多さんの後ろから「麻莉お嬢様」と声がかけられた。私に気づいた斉木さんがこちらに歩み寄ってくる。

「お待ちしておりました」

やはり顔を見なくてもそれが斉木さんの声だと喜多さんには分かったようで、急に顔を伏せ足早にこの場から去っていった。

「……どうかなさいましたか？」

「いえ。なにも」

反発し辞めた手前、西沖家の関係者とは偶然でも顔を合わせたくないだろう。名残惜しくはあったけれど私は喜多さんの姿を目で追いかけず、斉木さんとしっかり向き合った。

「こちらです」

いつも通りの無愛想な声と顔でついてくるよう促され、私はため息をひとつこぼしてから斉木さんの後に続いた。

連れてこられたのは五階にある客室だった。そこには、メイク道具などを準備している女性がふたりと母と美紀がいた。

部屋に準備されていた小花柄のワンピースに私が着替え終わると、すぐに女性たちがメイクやヘアセットに取りかかる。

それを見つめる母は「なにも麻莉のためにここまでする必要はないのに」としきりに文句を言っていた。けれど、美紀が備え付けのクローゼットの中から「私もやっぱり着替えていい？」とあのオレンジ色のワンピースを取り出した瞬間、文句がぴたりとやんだ。

「仕方ないわね」とそれを許可し、次いで女性のうちのひとりに「あなたは美紀をお願い」と命じたのだ。

昨日行ったアパレルブランドや今から行くフレンチレストランの話で、母と美紀は盛り上がっている。

着替えた美紀を「可愛い」と母はしきりに褒め、美紀もまんざらでもない態度で応える。

ふたりの変わらぬ様子に懐かしさを感じながらぼんやりと鏡の前に座っていたけれど、話題が遼や倉渕物産に移ればだんだん落ち着かなくなっていく。

父の影響を受けて母も倉渕物産をあまりよく思っていないはずなのに……なぜか遼に対しては違っていた。遼の容姿を絶賛する美紀に同調するように、遠回しではあるけれど母も彼の器量のよさを認める発言をしているのだ。

私のお見合いの邪魔をし母の思惑を打ち崩した張本人。母の性格からして恨みつらみを口にしても称賛など絶対にしないはずなのに、そうさせたのはさすが遼と言うべきだろうか。

とはいえ、自分の恋人である遼を母と美紀が褒めるのを聞いてもまったく嬉しく感じない。いつも通り美紀は自分の彼氏の自慢話でもしているかのような口ぶりだし、母も私の恋人というよりは美紀の思い人として話を楽しんでいる節があるからだ。

これから遼と会ったらふたりはどんな態度を取るのか、正直不安である。

ため息をつきつつ、私は鏡に視線を戻す。

ナチュラルメイクで透明感を、髪も三つ編みのハーフアップで可愛らしく、そして小花模様のワンピースも合わせれば私の希望通り清楚《せいそ》な感じに仕上がった。

鏡に映る自分を見つめホッとしながらも、背後に映り込んでいる派手な美紀に苦笑いする。彼女もきっと、希望通りに仕上がっているのだろう。

今日はバッグは誰にも渡さず、自分の足元にずっと置いたまま。それを掴み上げ、スマホを取り出した。

時刻はもうすぐ一時半になろうとしている。遼を乗せた車は今どの辺りを走っているのか。ホテルまであとどれくらいだろう。

早くこの部屋を出て遼と合流したい。そう思っていると、タイミングよくスマホが遼からのメッセージを受信した。

【少し早めに到着する予定だったけど、道路が混んでる。ギリギリになるかもしれない】

到着が遅れることが心細くてわずかに肩を落とし、間を空けず受信したメッセージを黙読する。

【文句は受け付けない……が、ロビーで俺を待っているなら少しだけ聞いてやってもいい】

すぐにニヤリと微笑む彼の顔が頭に浮かんでくる。

思わず口元をほころばせた私を見た美紀が、「どうしたの？」と声をかけてきた。

「遼から、道路が混んでて到着がギリギリになりそうって連絡が」

「そっか……遼先輩、本当に来るんだ」

突然美紀の声のトーンが落ち、ギクリとさせられる。

「もう支度も済んだし、そろそろ行ったほうが。お父さんも待ってるよ」

このまま美紀と話をし続けるのは危険な気がした。

とにかくこの部屋を離れたい。その一心でふたりに移動を提案した瞬間ノック音が響き、返事を待たずに戸が開かれた。

「準備はまだか」

待ちくたびれたのか、不機嫌な様子で父が室内に入ってくる。すぐさま私は椅子から立ち上がった。

「できました。私も美紀も。もう行けます」

父は私へと顔を向け、瞬時にその表情を凍りつかせた。

恐れおののいているような顔を見て、私は『まただ』と心の中で呟いた。昨日私がこの小花模様のワンピースにすると言った時とまさに同じ顔なのだ。

「まったく……あの親子は私をこんなところにまで呼び出して、いったいなにを話そうっていうんだ。麻莉を息子の嫁にくれとでもいうのか……よりによってどうして麻莉なんだ。麻莉もなぜ倉渕の息子を選ぶ……すべて俺へのあてつけか！」

恨みが込められているような父の苦しげな声音に恐怖を覚えた。

「パパ！」

身を屈め両手で頭を抱えている父へ美紀が駆け寄っていく。寄り添うように父の背中に手を置くと、今度は私をにらみつけてきた。

「お姉ちゃん！　パパが苦しんでるのを見てなんとも思わないの？　いつまで嘘を続けるつもり⁉︎　遼先輩と結婚する気なんか初めからないんでしょ⁉︎　早く全部終わりにしなよ！」

父の身体がピクリと反応する。

「嘘、だと？」

頭を抱えた両手が下がっていく。父は背中を丸めたまま、虚ろな瞳で私を見た。

「お姉ちゃんが榊さんとお見合いしたくないから、遼先輩に恋人のふりをしてって頼み込んだのよ！　だからふたりは恋人でもなんでもないの！　最初から私たちを騙《だま》してたの！」

「……麻莉、どういうことだ」

空虚だった父の瞳が憤りで染まっていくのを目の当たりにし、ぞくりと背筋が寒くなる。

「それは本当なの⁉　信じられないわ！　美紀もなぜもっと早く！」

「ママ、それにパパもごめんなさい。私、誰にも言うなって……実は遼先輩に脅されていたの」

美紀が薄《う》っすらと涙を浮かべながら許しを請えば、父と母が怖い顔で私をにらみつけてくる。

「美紀……やめて」

「榊さんの件で遼先輩に弱みを握られる形になっちゃったんでしょ？　私、本当は分かってるんだ。遼先輩って実はとっても冷たい人だって。でももう大丈夫。パパが助けてくれる。これでお姉ちゃんは好きでもない人と結婚なんてしなくて済むから」

「美紀、なにを言ってるの……違う。そうじゃない。私と遼は──」

「麻莉！」

父の低く唸るような声で、瞬時に場が静まり返った。

「お前はこの部屋から出るな。いいな！」

突きつけられた命令に、喉の奥で小さく悲鳴をあげる。部屋を出ていく父の背中を愕然《がくぜん》としながら見つめ、最悪の状況だと私は拳を握りしめた。


「麻莉お嬢さま。お願いですから、しばらくおとなしくしていてください」

後ろから目の前にやってきた斉木さんが疲労感たっぷりのため息をつく。

「紐《ひも》をほどいて！」

「できません。逃げ出されたら困りますので」

「でも私行かなきゃ。このままじゃ遼が……」

遼が一方的に責められてしまう。そう訴えかけようとしたけれど、後ろから首の辺りを乱暴に押されて声が途切れた。

「遼先輩のところに行ってどうするつもりなの？　ここにいれば結婚せずに済むんだから、あとはパパに任せておきなよ」

背後に立つ美紀を見上げ、思いきりにらみつけた。

私は絨毯の上に両ひざをついた格好で、後ろ手に手首を縛られている状態。既に母は父と共に待ち合わせ場所へと向かい、ヘアメイクを担当してくれた女性ふたりも去ったため、今部屋の中にいるのは美紀と斉木さんと私の三人だけ。数の上でも不利で逃げ出すのが難しいというのに、これでは余計難易度が高い。

逃げ出す方法が見つからず動く気力もなくなる。ぼんやりと見つめた先には姿見が置かれていた。

鏡は今の自分の惨めな姿をしっかりと映している。

押さえつけられたり掴まれたりしたため、綺麗にセットしてもらった髪はひどく乱れていて、逃げ出せたところで、こんなにぼろぼろの状態を遼に見せられない。

幸せな気持ちで遼の隣に立てるはずだったのに、なにもできないまま時間だけが過ぎていくのを待つしかないのかと心が挫けそうになる。

涙が浮かんだその時、目と鼻の先にあるソファーの上に置かれた私のバッグの中からスマホの着信音が短く鳴り響いた。美紀と斉木さんは会話に夢中で気づかなかった様子だが、私にはしっかりと届いていた。

手を伸ばせばたやすく掴み取れる距離にバッグはあるのに、手が縛られているためスマホを取り出すどころかバッグにすら触れられない。さっきの着信は遼かもしれないと想像すると、この状況が歯がゆくてたまらない。

もうそろそろ着くとか、今着いたとか、出迎えはなしかとか、彼が送ってきそうな言葉を思い浮かべ、目から涙がひと粒こぼれ落ちた。

「……遼」

俯いたまま彼の名前を噛みしめるように呟けば……心に温かな火がともる。

遼ならきっと諦めない。自分にとって不利な状況に突き落とされたとしても、ピンチをチャンスに変えるために諦めず立ち向かっていくだろう。

遼が好き。これからもずっと一緒にいたい。でも望んでるだけじゃダメだ。このままじゃその希望すら消え失せる。

ここで負けるわけにはいかない。私を大事にしてくれている遼のためにも私たちに力を貸してくれた人たちのためにも、なにより自分の望む未来に近づくためにも。

私は顔を上げ、美紀と斉木さんの様子をうかがう。

相手は女性ふたりだ。うまく隙をつけば振り切れるはず。まだ諦めるのは早い。

それにはやはり手を縛っている紐が邪魔だ。なんとかゆるめられないかと、ふたりに気づかれないように背中で両手を動かしてみる。

ぴりっとした痛みが手首に走った。今まで散々暴れていたため、紐が擦れてきっと肌が赤くなっているのだろう。

それでも構わない。たとえどれだけ腫れ上がろうが、両手が自由になれば絶対にチャンスを掴めるのだから。

縛りつけられている時も反抗していたのが幸いしたのか結び方が甘かったようで、徐々に紐はゆるんできている。このまま頑張れば右手の拘束が解け、自由になれるかもしれない。そうしたら遼に助けてって電話ができる。

ふたりにばれないように手をもぞもぞさせていると、美紀のスマホが鳴った。

「パパ。どうしたの？　──大丈夫。お姉ちゃんはここにいるから」

美紀の目がちらりとこちらに向けられ、私は息と動きを同時に止める。

「──ロビーにいるの？　そういえばさっき遼先輩の到着はギリギリになるかもってお姉ちゃんが言ってた──えっ裏口から？　──うん。分かった」

通話を終えると、美紀が憐《あわ》れんだ目で私を見た。

「パパ、お姉ちゃんを倉渕親子にどうしても会わせたくないみたい。万が一お姉ちゃんをこの部屋から連れ出されたらって不安になってるよ」

しゃべりながら美紀が近づいてくる。私は座り込んだ格好のまま後ろへ下がった。

しかしすぐに美紀の手に掴まえられ、乱暴に顎を持ち上げられる。

「でね。遼先輩たちが到着するよりも前に、このホテルを出なさいって」

目の前で美紀が楽しそうに笑う。

「ちょっとくらい遼先輩の顔が見られたらいいなって思ってたけど仕方ないよね。私も遼先輩にお姉ちゃんを渡したくないもん」

違う逆だ。私に遼を渡したくない。美紀はそう言いたいんだ。

にらみつければ、美紀は楽しさを堪えきれないようにふふっと笑い声をあげ、私から手を離した。そして後ろに控えている斉木さんを振り返る。

「裏口を出たところに車を待機させてあるってパパが。時間もないし急ぎましょう」

「かしこまりました」

美紀が再び私の腕を取ると、斉木さんもすばやく動きだす。ソファーにある私のバッグや上着を掴み上げ、横に並んだ。

ふたりに引っ張られてよろめきながら立ち上がると、斉木さんが私に上着をかけた。優しさからの行動ではなく、私を後ろ手で縛り上げていることを隠すためだ。

そのまま連行される形で歩きだす。斉木さんがどちらの手で私のバッグを持っているか、ちらりと確認する。

上着をかけてくれたのは好都合だった。右手がもう少しで紐の輪から抜け出せそうなのだ。

ふたりに勘づかれないよう注意しながら、私はおとなしく歩を進める。

廊下に出ると斉木さんがひとり歩調を速めた。ひと足先にエレベーターの前に到着し、すぐさまボタンを押す。

立ち止まるのを許さないかのように美紀は私の腕を強く掴んで引っ張っていく。

「……お姉ちゃん？」

急に美紀が立ち止まり、私から手を離した。怪訝《けげん》な眼差しで私の背中……後ろ手で縛られている辺りを見た。

「まさかとは思うけど」

腕に触れていたから私の微妙な動きを感じ取ったらしい。美紀は私から上着を勢いよく掴み取った。そして手を見て焦りの表情を浮かべる。

「きつく縛ったのに。おとなしくしててよ！」

「嫌！　絶対に嫌！」

私を捕まえようとする美紀の手を慌てて避けた。あと少しだというのに、ここで結び直されるわけにはいかない。

「言ったでしょ、最後まで遼と一緒にいられる方法を探し続けるって！　諦めたりしないって！」

強く反発すると、美紀が悔しそうに顔を歪めた。

私たちの不穏な空気を察したのだろう。エレベーターの前にいた斉木さんが急いで戻ってくる。

「紐がほどけそうなの！　押さえるから縛り直して！」

美紀は事態を大声で告げ、両手で私を掴みかかる。

慌てて逃げようとしたのに、足がもつれて私はその場に倒れた。

美紀の手が容赦なく私を押さえつけ、斉木さんがこちらに手を伸ばしてくる。

「やめなさい！」

叫び声と同時に、斉木さんが突き飛ばされた。続けて美紀が私から引き離され、私の視界は作業着の水色でいっぱいになる。

「……喜多さん」

清掃員姿の喜多さんが私の目の前に立っていた。ふたりから私を守るように壁になってくれている。

喜多さんが肩越しに私を見て、温かな微笑みをくれた。

まだ諦めなくてもいいんだ。心の底から湧き上がってきた希望に涙が込み上げる。

ほんの一瞬目を見開き、喜多さんは廊下に両ひざをついた。近づいた瞳には、自分と同じように涙が浮かんでいる。

「麻莉お嬢様……こんな……信じられない」

片手で目元を覆ったあと喜多さんは立ち上がり、美紀と向かい合った。

「今日は麻莉お嬢様と倉渕の坊ちゃんにとって大切な日だと聞きました。旦那様……西沖社長が話し合いの場に出ると約束されてとても嬉しく思っておりました。それなのに……これはいったいどういうことでしょう……。麻莉お嬢様をどこに連れていくおつもりですか！」

廊下に喜多さんの厳しい声が響き渡った。

斉木さんが美紀の隣へ移動し、美紀と同じように挑戦的な眼差しを喜多さんへ向けた時、突然驚きの声が発せられた。

私たちはそろってハッとする。

十メートルほど先の廊下奥に、喜多さんと同じ清掃員姿の女性がふたり、身を寄せ合い立っていた。

右側に立つ女性が小さく悲鳴をあげた。私が縛られていると気がつき、大きく動揺している。

さすがにこのままではまずいと思ったのだろう。美紀が喜多さんに組みついた。

「どいてよ！」

「いえどきません！」

喜多さんにきっぱり断られ、美紀はムッと顔をしかめた。そして顔を赤くさせ、右手を大きく振り上げる。

パチンと痛々しい音が響き、私は息をのんだ。

「あんた昔から嫌いだったのよ！　麻莉お嬢様、麻莉お嬢様って、お姉ちゃんばっかり贔屓して！」

頭に血がのぼり我を忘れたかのように美紀が喜多さんの頬を繰り返し叩《はた》こうとし、喜多さんは背を丸めて両腕で顔を守ろうとする。

「私は麻莉お嬢様を自分の娘のように思っております。大切なお嬢様がつらい目に遭わされているのですから、肩入れして当然でしょう。私はなにがあろうとも麻莉お嬢様の味方です！」

ひるむどころか厳しい口調で反論され、美紀の手が止まった。怒りに満ちた顔で喜多さんをにらみつけ、今度は震えだした両手で勢いよく掴みかかろうとする。

「もうやめて！」

私も即座に美紀へ向かっていく。伸ばした手で彼女の右手を掴み、もつれ合いながらその場に倒れ込んだ。

拘束が解けた私の手を見て、美紀が悔しげに歯噛みする。

「麻莉お嬢様！」

すばやく動きだしたのは喜多さんだった。仰向けに倒れている美紀を押さえつけながら、私に『行きなさい』と眼差しで訴えかける。

すぐに心は決まる。私は立ち上がり美紀から離れた。

遼の元へ早く行かなきゃと、ただその一心でエレベーターに向かい全力で走りだす。

「待ちなさい！」

斉木さんが前に立ちふさがり妨害する。

すると、思わず足を止めた私を清掃員の女性がすばやく追い抜き、大きく両手を広げ斉木さんに抱きついた。肩越しにこちらを見たその人は、先ほど廊下の奥のほうで身を寄せ合い怯えていた女性の片割れだ。

彼女が「なんかよく分かんないけど、私たちも喜多に力を貸すわ！」と楽しそうに宣言すれば、続けて後ろからも「早く行きなさい！」と声があがった。

もうひとりの女性が喜多さんに代わって美紀を押さえつけている。

「ありがとうございます！」

私は喜多さんの仕事仲間に向かって頭を下げた。

斉木さんが足下に落とした自分のバッグを拾い上げ、走り寄ってきた喜多さんと共にエレベーターへ急いだ。

廊下を挟んで両側に二基ずつ並んでいる。手当たり次第に呼び出しのボタンを押すと、そのうちのひとつが扉を開けた。

「待ちなさい！」

女性を振り払った斉木さんが慌てふためきながら走ってくるのを目にし、私たちも急いでエレベーターに乗り込む。幸いにも斉木さんが着く寸でのところでエレベーターの扉が完全に閉じた。

一階に降下するのを身体で感じ、肩の力が抜けていく。

「お嬢様、上着を」

「ありがとう」

「あぁ。麻莉お嬢様。痛かったでしょう。お可哀想に」

差し出された上着を受け取ろうと手を伸ばせば、喜多さんが私の手首を見て泣きそうな顔をする。

「大丈夫。平気だから」

そう言ってみたものの、ところどころ血がにじみ出ているこの状態では説得力がない。苦笑いを浮かべながら上着ごと手を後ろにし、その傷を隠した。

「まったくなんでこんなことに。倉渕の坊ちゃんは今日の日をとても楽しみにされていたというのに……坊ちゃんとはもうお会いに？」

「いえ。でも彼もそろそろホテルに着くと思います」

ゆるみそうになっていた気持ちを引き締める。美紀たちから逃げられたらそれで終わりではない。まだ父がいる。

「誤解させたまま父を遼に会わせるわけにはいかない」

ふたりが顔を合わせる前にどちらかと会って話をしたい。

「旦那様は一階に？」

喜多さんに頷き返すと共にエレベーターが一階に到着する。急ぎ足でエレベーターを降り、周囲を見回しながら私は焦りを覚えた。

十軒以上のレストランがホテル内で店を構えているからだろうか、思っていた以上に人が多すぎる。そして広さもある。このどこかにいるはずの父と母がなかなか見つからない。

ハッとし、すっかり頭から抜け落ちていたスマホを慌ててバッグから取り出した。

「遼に電話します」

私の隣で足を止めている喜多さんにひと声かけ、スマホを耳に押し当てた。

コール音が鳴り、また少しホッとする。これで遼と話ができる。

《なんだよ。待ちきれないのか？》

ちょっぴり意地悪な言い方なのに声はすごく優しくて、じわりと心の中に温かさが広がっていく。

胸がいっぱいですぐに返事ができなかった。深呼吸してからやっと「遼」と呼びかけた。

《麻莉、どうかしたのか？》

「今どこ？」

《駐車場について車から降りたところだ。なにかあったのか？　そっちこそ今どこにいる》

一階のエレベーター前。そう答えようとした瞬間、スマホを持っている右手の手首を強く掴まれた。傷口に容赦ない痛みが走り、スマホを落とした。

美紀が私の手首を押さえつけたまま落ちたスマホを顎で指し示すと、すぐに斉木さんがそれを拾い上げる。

美紀は斉木さんからスマホを受け取り、私を呼ぶ遼の声が微かに聞こえるスマホの電源を落として斉木さんの手の平の上に戻した。

「麻莉お嬢様」

強張った声を耳にしドキリとする。見れば、スーツ姿の男性ふたりに喜多さんが両脇を抱えられていた。

それでも喜多さんの瞳は力強く輝き、私に『逃げて』と訴えかけてくる。

危機を脱する方法は思いつかなくても、目は自然と遼の姿を捜し求めた。車は降りたと言っていたから、もうすぐここに来るはずだ。

「私たちが車に乗ったら喜多さんは解放してあげる……行くよお姉ちゃん」

再び美紀に手首を強く掴まれた。痛みで歯を食いしばりながら、引きずってでも連れていこうとする美紀に必死に抵抗する。

遼がすぐそこにいる。あと少しで会えるというのに、これ以上引き離されるわけにはいかない。

掴まれていないほうの手で持っていたバッグを思いきり美紀にぶつければ、彼女の手の力が弱くなった。がむしゃらに振り払って、私は走りだす。

「その人を絶対に逃がさないでよ！」

背後から聞こえた美紀の男性ふたりへの命令に足が止まりそうになる。しかし捕まるわけにはいかない。遼と会えれば喜多さんも無事に助け出せるはずと心を強く持ち、人と人の隙間を縫うように懸命に駆け抜ける。

大きな柱に手を突いて呼吸を整えながらすばやく視線を正面玄関へ向け、あっと声をあげた。今まさに目指していた入口を通り、遼が颯爽とした足取りでホテルの中に入ってきたからだ。

「遼！」

はやる気持ちを抑えきれないまま一歩を踏み出そうとしたけれど、足元の段差に気づかずつまずきそうになる。

慌てて柱にしがみついてホッと息を吐いたその時、横から伸びてきた大きな手に口を塞がれた。必死に振り払おうとした手も乱暴に掴み取られる。

「ほんとに往生際が悪いわね」

目の前に進み出てきた美紀が私をあざ笑う。くぐもった音にしかならなくても、私は必死に声をあげた。

「言ったでしょう！　私は絶対に諦めないって！」

「黙れ」

「遼！　待って！　私はここに……っ、痛いっ！」

掴まれた腕を捻り上げられ、助けを求める声が悲鳴に変わる。痛みと恐怖でくずおれそうになりながらも、気力を振り絞って状況を把握しようと試みる。

目の前には美紀とスーツを着た男性。そして私の口を塞いでいるのは斉木さんで、腕を押さえつけているのはもうひとりの男性だ。

遼が目の前を通りすぎていく。彼は険しい表情でまっすぐ前だけを見つめていて、男性の陰になっている私には気づかない。

待って。行かないで。お願い遼、私に気がついて！

心の中で強く願った瞬間、遼の足がぴたりと止まった。

「……麻莉はどこですか」

怒りに満ちた声で、遼が自分の目の前に立つ人物へ話しかけた。

「麻莉はここにいない」

ハッキリと父が遼にそう答えた。

「おい待て。どういうことだ」

遼の後ろから彼のお父さんが歩み出たけれど父は目もくれず、自分を見つめる遼と話を続ける。

「麻莉はお前と縁を切りたいそうだ」

父の言葉を聞いて、遼は眉間にしわを寄せた。すぐさま鋭く問いかける。

「麻莉が本当にそう言ったのですか？」

「あぁ。金輪際、娘には近づかないでもらいたい」

「……なるほど」

そこでなにかを察したように、口元に薄く笑みを浮かべた。

「嫌です。できません。彼女はどこですか」

私はここにいる。今すぐ遼のもとへ行きたい。

足が一歩前に出れば、それに反応して腕を押さえつけている男性の力が強まった。

私は歯を食いしばり必死に痛みを耐える。

「縁を切りたいだなんて……いや。遼を大切に思っていると誠意をもって答えてくれたあの時の麻莉さんを私は信じよう」

疑わしいとばかりに飛び出した遼のお父さんの主張に目頭が熱くなる。

「大切に思っているですって？　笑わせないでいただきたいわ！」

父の後ろから母に茶々を入れられ、遼のお父さんがムッと顔をしかめた。

「そう振る舞わなくてはいけない状況下に置かれていたからだろ！　お前本当は……麻莉の恋人のふりをしているだけなんだってな」

しかし、続けての父の発言に顔色を失う。まさかといった表情で遼を見た。

「私を騙して榊さんとの大事な縁談を潰したことも今なら目をつぶってやろう。だからもうここで終わりにしてくれ。縁を切れ。麻莉の人生にこれ以上関わるな」

最後に怒りのこもった言葉を遼にぶつけ、父は深く息を吐き出した。

「話はここまでだ。悪いが食事などする気にならん。帰らせてもらう」

斜め後ろにいる母に「行くぞ」とひと声かけ、父は歩きだす。

けれどすぐに焦りなどまったく感じられないほど冷静な声で、「待ってください」と遼が父を呼び止めた。

「麻莉とこれまで続いた縁は、ふたりで長い時間をかけてつなぎ合わせてきたようなものです。それを今俺ひとりの力で断ち切るのは到底無理な話。麻莉から直接拒絶されない限り、俺はいつまでも未練がましく彼女を思い続けるでしょう……そういう気持ちにお心当たりは？」

両方の父親へ遼が意味ありげな視線を送れば、どちらも彼からそっと視線を逸らした。

ひとつ咳払いを挟んでから、遼は再び冷静な面持ちで話しだす。

「話を戻しましょう。確かに麻莉との距離が縮まるきっかけはそれでした。けど俺は、その時はもう彼女に本気でした。だから麻莉の未来をすべて背負う覚悟で話を持ちかけた。今はもう俺たちの関係に嘘偽りなどありません。麻莉も俺の気持ちを受け止めて、温かな愛情を返してくれています。正真正銘、俺たちは恋人です」

力強い輝きをたたえた瞳をすっと細めて、遼は私の父をじっと見つめた。

「答えてください。麻莉はどこですか？」

威圧的な響きを持って発せられたそのひとことに、父も母も美紀も言葉を失っている。

遼の気迫にのまれたのは、その三人だけじゃなかった。私の目の前に立っているスーツ姿の男性は呆然《ぼうぜん》としているし、私の腕を押さえている男性の力も完全に抜けている。

私は意を決し、自分の口を塞いでいる斉木さんの手に思いきり噛みついた。途端に斉木さんは悲鳴をあげ、すばやく手を引っ込める。

「……遼っ！」

力いっぱい彼の名前を叫ぶと、遼が私のほうに身体を向けた。

「麻莉！」

すぐに私を見つけ駆け寄ってくる彼の姿に、安堵《あんど》で肩の力が抜ける。

「遼先輩、あのね。これは――」

「邪魔だ。どけ！」

美紀は泣きそうな顔で遼にすがりつこうとしたけれど、一喝され表情を強張らせた。

逆らわないほうが賢明と判断したのか、目の前にいる男性も私を押さえつけている男性も、すっとその場から身を引いていく。隣に立っている斉木さんも遼ににらみつけられ、微かに唇を震わせながらゆっくりと後ずさった。

「……遼」

遼がそばにいる安心感と乱暴な力から解き放たれた安堵感で目の前が白くぼやけ、足元がふらつく。

「麻莉！」

しかし、くずおれそうになった私の身体を遼の両腕がしっかりと抱き止めてくれた。

「大丈夫か。しっかりしろ」

「……ごめん……ホッとしたら力抜けちゃった」

優しく頭を撫でる大好きな遼の手が微かに震えている。

「遅くなって悪かった」

私は首を横に振り、彼の胸元に顔を埋めた。

「お願い聞いて。遼先輩――」

「触るな」

遼に伸ばした美紀の手がびくりと跳ねた。

「俺の視界から消えろ」

怒りと共に低く発せられた言葉に大きく顔を歪ませ、美紀も一歩また一歩と後退していく。

私の身体を抱きしめ直しながら、遼は父に顔を向けた。

「父と貴方の間にあるわだかまりなど俺たちには関係ない。俺は誰よりも麻莉を大切に思っています。他の誰かではなく自分のこの手で彼女を幸せにしたい。傷つけようとするすべての物から彼女を守りたい」

すっと息を吸い込み、曇りなき声で彼が宣言する。

「俺は麻莉と結婚します」

遼は勢いよく顔を上げた私と目を合わせて、ニコリと微笑む。

「誰よりも幸せにする」

その言葉に胸が震えた。嬉しくて涙があふれてくる。

「必ず」

甘くて優しい誓いを立てるように、遼が私の額に口づけを落とした。


カーテンの隙間から差し込む月明かりが、眠る遼の顔に優しく触れている。私もその綺麗な頬に手を伸ばし、口元をほころばせた。

新しく部屋を借り、暮らし始めてから三日が経とうとしている。

新居にはまだ馴染めずにいるのに、こうしてひとつのベッドで遼と寄り添っているためか、眠れないという心配だけはしないで済んでいる。

素肌を密着させて彼の体温を感じ、心が幸せで満ちていく。私は寝ている遼の顔に自分の顔を近づけて、その綺麗な唇にキスをした。

「……なんだよ。まだ物足りない？」

寝ていたはずの遼がゆっくりと目を開け、口元に笑みを浮かべた。

「ごめん。起こしちゃった」

「いいよ起こして。大歓迎」

言いながら遼が私に覆いかぶさってくる。

「遼、待って。違うから！　物足りないとかそんなんじゃ……っ」

キスで言葉を遮ったあと、遼がキスの雨を降らせる。額に頬、唇から首筋へ、ひとつひとつじっくり丁寧に順を重ねていく。

遼の身体を押し返そうと彼の胸元に手を突いた。ほんの一瞬眉根を寄せると、遼が心配そうに私の手を掴み取る。

「大丈夫か？」

「大丈夫だよ。あの時の傷はもうすっかり治ってます」

「そうかもしれないが……」

遼は歯切れ悪くそう言ったあと、なにかの願掛けでもするかのように私の手首に残っている傷跡に口づけをした。

遼が『俺は麻莉と結婚します』と宣言したのは、もう一ヶ月も前のこと。あの時負った傷が治りつつあるように、私を取り巻く環境もしっかりと動きだしている。

私は遼と共にすぐにホテルを出たけれど、遼のお父さんと私のお父さんはあのあとふたりだけで食事をしたらしい。会話はあまりなかったようだけど、言葉数は少なくても思いは共有できていたのかもしれない。

昔、亡くなった私のお母さんと遼のお父さんは思いを寄せ合っていたけれど、お父さんとお母さんの結婚話が進み、遼のお父さんは身を引いたのだ。

でも母は遼のお父さんへの気持ちを断ち切れなかった。そして父もいつまでも遼のお父さんを思い続けている母に歯がゆさを感じ、自分だけが母を思っている状態に悔しさを募らせていった。

そんな中、母が病気で亡くなり、父はすぐに後妻を娶《めと》った。その父の行動が遼のお父さんは許せなくて、もともとこじれていた関係がさらに悪化する一因となった。

けれど私たちが幸せそうに笑っていることで、たとえ少しずつであったとしてもふたりの関係は改善していくと、そんな希望を私は持っている。

美紀は遼に拒絶されたのがすごくショックだったらしく、心の傷を癒すためにしばらく留学したいと言いだした。最初母は必死に引き留めようとしていたけど、父の『好きにしろ』というひとことで自分も美紀についていくと決心し、ふたり分の準備を始めたようだ。

ふたりに関しては、私も父同様好きにしろという言葉しか出てこない。

喜多さんは男性に連れていかれそうになっていたところを職場の仲間に助け出され、逆にモップやバケツで反撃までしたらしい。あの日は従業員の急な休みが何人か重なり、たまたま喜多さんがその穴埋めとして駆り出されていたのだ。

偶然だったとしても、あの時喜多さんがいてくれたから私は助かった。本当に喜多さんには感謝しかない。

リップ音を立てながら私の肌に唇を這わせていた遼が、「そういえば」と顔を上げた。

「あの日、週刊誌の記者に写真を撮られてたっぽい」

「え？」

「二大グループ会社の御曹司と御令嬢、いがみ合う親に立ち向かい貫く純愛、誓った結婚……とかなんとかで今度俺たちの記事が載るってさ」

「えぇっ⁉」

倉渕物産の紹介記事には必ずと言っていいほど写真付きで遼も掲載されているので彼は慣れているかもしれないけれど、私は違う。記事にされるなんて初めてだし、おまけに見た目もボロボロだった。あの日の自分を思い出し、私は両手で顔を覆う。

「……恥ずかしい。やめてほしい」

「いや。出させるべきだろ。俺の結婚宣言もしっかり書くだろうし、周りから反応があればあるほど麻莉のお父さんも反対しづらくなるだろうし」

「……まさか遼が記者を仕込んだわけじゃないよね？」

彼の思惑が絡んでいるような気がして恐る恐る問いかけると、遼が目を大きくさせた。

「え？　……うーん……どうかな」

そしてニヤリと笑う。

「遼⁉」

声を大きくさせると、遼も「あはは」と笑って私の身体を引き寄せた。

「いついかなる時でも俺は麻莉への思いを貫き通す」

大きな手で優しく私の頬を撫で、ゆっくりと唇を重ね合わせた。真摯な瞳で私を見つめながら、とろけるほどの甘い声で熱く囁きかけてくる。

「愛してる」

私はわずかに息をのみ、そして――。

遼へのたくさんの愛しさを伝えるように、彼の柔らかな唇へキスをした。

特別書き下ろし番外編

甘い独占欲

倉渕物産、副社長室。室内にひとつしかないデスクで、ペンを片手に書類に目を通していた俺は、左手首にある腕時計へゆるりと視線を移動させた。

時刻は十七時十五分。今夜は我が倉渕物産が後援しているクラシックコンサートを観に行く予定になっている。

約二ヶ月前に副社長に就任したためコンサートには倉渕物産の社長代理として仕事の付き合いで顔を出すのだけれど、麻莉に同行してもらうので正直俺にとってはデートの意味合いのほうが強かった。

麻莉と付き合い始めてから一年と二ヶ月が経過した。就任式が無事一段落ついたおかげで、やっと式場やドレスなど結婚に向けての具体的な話し合いが進み始めたところだ。

なにはともあれ、久しぶりに家以外の場所で彼女と心安らぐ時間を過ごすことになる。楽しみで浮かべた笑みを手の平で覆い隠した時、ドアが軽く叩かれた。返事をするとすぐに戸が開き、倉渕物産の受付嬢として働いている妹の花澄が小走りで室内に入ってきた。

「お兄ちゃん」

花澄がもったいぶったような顔で笑いかけてきた。就業中は俺を『副社長』と呼ぶが、既に仕事を終えて制服から私服に着替えているせいか兄としての俺に気安い態度でにじり寄ってくる。

続けていつも通りの涼やかな表情で副社長室に顔をのぞかせた佳一郎の姿を目に留め、俺も砕けた口調で言葉を返す。

「なんだよ。頼みごとなら、面倒くさいからすべて俺の秘書に」

「ひどいですね。こちらに面倒ごとを押しつけないでください。厄介ごとはどうぞお兄様へ」

「ちょっと！　ふたりで私を押しつけ合わないでくれる⁉」

花澄は立ち止まり、信じられないとばかりに目を大きくさせて俺と佳一郎を交互に見たが、すぐに歩幅大きく俺のデスクの前へ進み出る。

「頼みごとじゃなくて麻莉さんの話」

「麻莉がどうかしたのか？」

彼女の名前を口にして、再び花澄が表情をゆるめた。逆に俺は姿勢を正して、なにかあったのかと花澄を見上げる。

「駅に向かおうとしたらドレスアップした麻莉さんに会ってね……とっても綺麗で見惚れちゃった」

思わずスマホを確認する。

コンサートの開始は十九時。会場への移動や関係者に挨拶をする時間を踏まえて待ち合わせの時間を十八時としているが、支度が済んだ時点で連絡を入れるようにと伝えてある。しかし麻莉からのメッセージは届いていない。

「麻莉さんみたいな女性を大和撫子って言うのよね。見習わなくちゃ」

「同感です。すぐにでも麻莉さんの爪の垢《あか》を煎じて飲むべきかと」

しれっと発言した佳一郎を、花澄は顔を赤らめにらみつけた。

目の前で繰り広げられているやりとりを半笑いで眺めながら、俺は机上の書類を手早く片付けだす。

「支度が済んでいるというのなら待たせるのも悪いし、早めに合流しておくか」

単純に俺が今すぐ彼女に会いたいだけだが。

本当の理由を気取られないように真っ当な理由を口にすると、花澄の不満げな眼差しが佳一郎から俺に移動する。

「さらに魅力的になった麻莉さんをひとりにすべきじゃないわね。さっきも男の人にしつこくナンパされて困ってたから」

「……なっ！」

思わず椅子から腰を浮かすと同時に、心の奥底から心配や苛立ちが一気に湧き上がってきた。

「本当です。私も先ほど外まで来客の見送りをしに行った時、目撃しました」

「お前ら、まさかそのまま見て見ぬふりをしたわけじゃないだろうな！」

非難の視線をふたりに突き刺しつつ、内ポケットへと戻したスマホに慌てて手を伸ばす。

するとふたりがそろって笑みを浮かべ、一斉にしゃべりだした。

「やだ。中條さんならともかく、私がそんな薄情な人間に見える？」

「ええ、花澄さんならそうするでしょう。しかし、見過ごせば副社長に咎められることを分かっている私が口出ししないとでも？」

水と油のようでいて意外と息が合っているふたりへ、俺は静かに問いかけた。

「それで麻莉は？」

「はい。応接室にお通ししました」

を飛び出した。

「バカ！　それを早く言え！」

佳一郎の返答に噛みつくように声をあげる。スマホをぐっと握りしめて、副社長室を飛び出した。

夕闇に包まれる中、車がコンサートホールに到着する。先に降りた俺は後部座席のドアを開け、手を差し伸べた。

乗せられたほっそりとした手をそっと掴み、車から出てきた麻莉に笑いかける。柔らかく編み込んだ髪を後ろでゆるくまとめ上げ、淡い紫色のドレスをまとった彼女は美しく気品に満ちあふれている。応接室に飛び込んだ俺に反応し振り返った彼女が笑みを浮かべた瞬間、我を忘れてしばらく魅入ってしまったほど。惚れ直すのはこれで何度目だろうか。

ドアの外に立ち「行ってらっしゃいませ」とお辞儀をした運転手へと軽く手を掲げて応えてから麻莉の横に並べば、そっと彼女の手が俺の腕に回された。

わずかに視線を通わせて俺たちは歩きだす。

すれ違う人々が麻莉を見て息をのむ。彼女の魅力に目を奪われている男どもへ『俺の女をじろじろ見るな』と不満を募らせていると、麻莉に腕を引かれた。

「生でクラシックを聴くのなんて久しぶりだから、今日をとっても楽しみにしてたの。遼、誘ってくれて本当にありがとう」

微かに頬を高揚させた彼女の声は弾んでいる。喜んでいる様子が本当に可愛らしくて、心の中の醜い嫉妬が瞬時に吹き飛んでいった。

「どういたしまして」

満ち足りたままに返事をし、誇らしい気持ちで背筋を伸ばした。

入口近くまでやってきたその時、遠くで「来たぞ！　倉渕副社長だ！」と声があがった。反射的に顔を向け、すぐさま歩む速度を上げる。

走り寄ってくる人々を見て、麻莉も小さく悲鳴を響かせ足早になった。

皆この場にそぐわぬカジュアルな格好で手にはカメラを携えているため、どこかの記者であることは間違いなく、彼らが誰目当てなのかも容易に見当がついた。

「こんなところまで追ってくるなんて」

「仕方ないだろ。俺たちは〝誰もが羨む美男美女カップル〟なんだから」

からかうと、麻莉が照れ隠しのように「もう！」と軽く肩をぶつけてきた。

今のは、ネットニュースの記事の見出しで頻繁に使われている言葉だ。麻莉との結婚宣言をした時のことは、狙い通りすぐにネットニュースに取り上げられ、『倉渕物産』と『西沖グループ』の企業名と共に報道は一気に過熱していった。

しばらくすればほとぼりが冷めるだろうと思っていたけれど、意外にもいまだに火はくすぶり続け、こうして記者に追いかけられている。

「また写真撮られちゃったかな」

館内に入ったあともちらちらと後ろを振り返り見ている麻莉の耳元に顔を近づけ囁きかける。

「確かに困るな。麻莉が綺麗すぎるから言い寄ってくる男がまた現れそうだ」

「それは私じゃなくて遼のほう！」

「ごまかすなよ。さっそく会社の近くで男に口説かれたくせに」

「だから違うってば！　あれはただ道を聞かれてただけなの！」

俺のひとことで麻莉が眉根を寄せる。

応接室に飛び込んだ時点で麻莉本人がナンパではなかったと否定した。佳一郎はそれを見抜いていたかもしれないけど、花澄は完全にナンパと勘違いし割って入っていったのだ。

俺の表情ですぐに、今のがちょっとした悪戯心《いたずらごころ》からの発言だと麻莉は気づいたみたいだった。「もう」と軽く腕を叩かれたその時、再び「倉渕副社長！」と声がかけられた。

足早に歩み寄ってきたのはコンサートの主催者である四十代前半の男性で、俺の前で深々と頭を下げた。そして握手をしながら挨拶を交わしたあと、彼は麻莉へひょろりと細い身体を向ける。

「私の婚約者の西沖麻莉さんです」

紹介すると、彼は口元に笑みをたたえたまま麻莉へお辞儀をした。

「以前よりお顔は拝見しておりましたが、本当にお綺麗な方ですね。実はつい先ほども話にお名前が」

言うなり主催者の男性が後ろへ視線を送ると、彼の前に別の男性が進み出てきた。

「こんばんは。久しぶりだね倉渕くん」

人懐っこい印象を与える大きな瞳に少し甲高い声。わずかに見覚えのある男に首をかしげた時、麻莉が動揺の声音をポツリと発した。

「……え、海老根《えびね》くん？」

麻莉が口にした名前で、自分の名を馴れ馴れしく呼んだ男のことを思い出す。

「お知り合いでしたか？」

「はい。学生時代の同級生です」

主催者からの質問に俺は頷く。海老根の家は『エビネ楽器』という社名で楽器の販売や、音楽教室を手広く全国展開している。

「今日はうちの教室出身のプロが何人も出ているから観に来たけれど、まさか話題のふたりまで見られるなんてね。それにしても倉渕くんが麻莉ちゃんと結婚を約束するような仲になるとは……」

コイツは学生時代、麻莉と付き合いたくてしつこく付きまとっていた。だから婚約者となった俺が気にくわないのだろう。

鼻につくようなしゃべり方と不満をにじませた態度に、俺は苛立ちを隠すこともせず鋭く見つめ返す。

「おめでとうと言ってくれないのか？」

海老根は表情を強張らせ、俺から目を逸らした。そのまま麻莉へと視線を向け、白々しく話題を変える。

「それにしても、麻莉ちゃんは相変わらず美しい」

麻莉はちらりと困り顔で俺を見上げてから、「……ありがとうございます」とくぐもった声で海老根に応えた。さんざん付きまとわれ悩みの種になっていた相手との再会に、彼女の表情はすっかり曇ってしまった。

楽しい時間に水を差されたことへの不満と、麻莉の様子が学生の頃に見た姿に重なり余計に腹が立つ。

しかし漂いだした不穏な空気などお構いなしに海老根は話を続ける。

「まるで女神だ……あぁそうだ、覚えているかい？　高校二年生の時、音楽鑑賞会でこのコンサートホールに来た時のことを——」

興奮気味に麻莉へ伸ばされた海老根の手を見て、咄嗟に身体が動いた。麻莉を悲しませるヤツは絶対に許さない。

「麻莉は覚えてない。けど俺は覚えてる」

押さえつけるように手首を掴んだ状態のまま、俺は海老根の目を深く見据え——憤りと共に宣告する。

「気安く麻莉に触るな」

数秒後、海老根は俺の手を大きく振り払い、怯えを押し隠すように笑い声をあげた。

「あはは参ったな。倉渕くん、君も変わらない。あの時と同じ目だ」

その言葉に記憶が呼び起こされる。俺はわずかに顔を伏せたあと、なんとか気を取り直し「そろそろ席に着きましょうか」と明るく話しかけた。

自宅に戻りシャワーを浴びたあと、仰向けでベッドに寝転んだ。熱のこもった額に手の甲を押し当て目を閉じる。

時間通り始まった演奏はあまり耳に入ってこなかった。俺はずっと、隣の席に座った麻莉と手をつないだまま昔を思い出していた。

蘇ってきた記憶は、くしくも海老根が口にした高校二年の音楽鑑賞での出来事。鑑賞を終えてロビーに生徒が集合し始めた時も、海老根はしきりに麻莉に話しかけていた。

海老根は中学校の頃から麻莉に思いを寄せていたため、そんな光景は見慣れたものだったのに……その時の俺は理由も分からない苛立ちに苛まれていた。麻莉の手を乱暴に掴んだのを目にして、俺は我慢の限界を迎えた。さっきと同じように、気がつけば海老根の腕を力いっぱい掴んでいた。

海老根になにか言い返されたけれど、それは記憶に残っていない。ただ無言で海老根をにらみつけていたのをハッキリと覚えている。馴れ馴れしく『麻莉ちゃん』と呼びかける声に腹を立てるだけで、なにも言えなかったんだ。

「気づかないのか？　俺は自分の気持ちと向き合って変わったよ。麻莉を誰にも渡さない」

呟いた時、寝室の扉が開く音が聞こえた。静かに歩み寄ってくる気配に顔の前から手をどかす。

「疲れた？」

ベッドに腰かけて、上から顔をのぞき込んできた麻莉に笑いかけた。

「いいや。過去の記憶に独占欲をかき立てられてるところ」

「え？　……きゃっ！」

麻莉の身体を引き寄せ、そのまま体勢を入れ替える。ベッドに押し倒して、まだ少し濡れている髪とピンク色に染まった頬を指でなぞる。

今なら、あの頃自分の心の奥底にあった感情を理解できる。その時には既に俺は麻莉に落ちていた。海老根が彼女を強引にでも手に入れてしまうのではと恐れすら抱くほどに。

でも臆病な俺はもういない。言い寄ろうとする男はただじゃおかない。彼女に触れていいのは、この世で俺だけだ。

柔らかな唇をついばんで、麻莉の細腰にそっと触れる。艶やかな吐息にくすぐられ、俺は首筋に顔を埋めて低く囁きかけた。

「俺の麻莉への恋心は、思っていたより根深いみたいだ」

「……遼っ……やぁっ……待っ、て」

恥じらう声に身体の奥底が熱くなり、本能のままに麻莉の着ているパジャマのボタンを外しにかかる。

彼女のすべてを俺で満たして、甘い味のする声をもっと響かせたい。

俺は乱れ始めた白く柔らかな素肌へと舌を這わせ、甘美な時間にゆったり沈んでいった。

END

あとがき

こんにちは、真崎奈南です。『独占欲全開で、御曹司に略奪溺愛されてます』をお手に取ってくださり、ありがとうございます！

この作品の原題に「ジュリエット」というワードを使っています。ロミオとジュリエットです。書き上げてみたら、ジュリエット要素を持つシンデレラなヒロインが、完璧男子のロミオ王子への愛を貫く話となりました。逆もありかな。完璧男子のロミオ王子が独占欲全開で愛しいジュリエットへの愛を貫く話。……あ、こっちのほうがしっくりくる。ドキドキハラハラ、そして遼の底なしの独占欲にキュンとしながら読んでもらえたら嬉しいです。

今回、番外編を書き下ろしさせてもらいました。書きたいエピソードがいくつもあったので、どれを書こうかものすごく迷いました。そんな幸せな時間を経て、書いておきたいエピソードの中から昔話が絡んだこのエピソードを選択。遼の視点で楽し